कौन ठगवा
नगरिया लूटल हो

कौन ठगवा नगरिया लूटल हो

मालती जोशी

वाणी प्रकाशन

प्रकाशन के उत्कृष्टतम 62 वर्ष

सजिल्द प्रथम संस्करण : 2019
सजिल्द द्वितीय संस्करण : 2025

vaniprakashan.com

वाणी प्रकाशन

4695, 21-ए, दरियागंज, नयी दिल्ली-110 002

फ़ोन : + 91 11 23273167, 23275710

शाखाएँ

अशोक राजपथ, पटना-800 004, बिहार

कॉफ़ी हाउस कैम्पस, महात्मा गांधी मार्ग, प्रयागराज-211 001, उत्तर प्रदेश

महात्मा गांधी अन्तरराष्ट्रीय हिन्दी विश्वविद्यालय, वर्धा-442 001, महाराष्ट्र

sales@vaniprakashan.in
vaniprakashan@gmail.com

Kaun Thagwa Nagariya Lootal Ho
by Malti Joshi

ISBN : 978-93-89563-16-0
Collection of Stories

मूल्य : ₹ 495

जी.एस. ऑफ़सेट, दिल्ली-110 095 में मुद्रित

वाणी प्रकाशन का लोगो मक़बूल फ़िदा हुसैन की कूची से

भावना से शून्य हैं क्या शब्द मेरे?
आर्त्तता क्या इन स्वरों की खो गयी है?
द्वार क्यों हैं बन्द अब तक गर्भगृह के?
प्रार्थनाएँ अनसुनी क्यों हो रही हैं?

मैं और मेरी कहानियाँ

मेरा लेखन जितना बहुआयामी रहा है, जीवन उतना ही सीधा सपाट रहा, आम मध्यवर्गीय लड़कियों की तरह मैं पली, बढ़ी और ब्याही गयी। जीवनभर गृहिणी बनी रही। बच्चों की परवरिश की, मेहमानों की आवभगत की, बड़े–बुज़ुर्गों की सेवा की–इसके साथ जितना बन सका, जैसा बन सका–लिखती रही।

चौरासी वर्ष की आयु कम नहीं होती। खट्‌टे–मीठे प्रसंग जीवन में आते रहे। कई प्रियजनों का बिछोह भी सहना पड़ा। सबसे बड़ा आघात फ़रवरी 2009 में लगा जब जोशी जी का अवसान हुआ। मैं एकदम अवसाद में चली गयी। मन में एक शून्य–सा व्याप गया था।

पर बेटे समझदार हैं, बहुएँ सुशील और शालीन हैं, पोती–पोते स्नेहिल हैं–इसलिए मैं उस दुःख से उबर सकी। एक अन्तराल के बाद मैंने फिर से क़लम पकड़ी, लिखना शुरू किया, जो अब तक जारी है।

मेरी साहित्य–यात्रा कविता से शुरू हुई। मेरा पूरा छात्र जीवन गीत और संगीतमय है। मैं मीरा, महादेवी की भावभूमि से अनुप्राणित गीत रचना करती थी। संगीत प्रतियोगिताओं में इनाम लेकर आती थी। कुछ दिन रेडियो पर भी गाया। इन्दौर आकाशवाणी पर पहले ही दिन मेरा कविता पाठ था। भोपाल आकाशवाणी के उद्‌घाटन समारोह में मैं इन्दौर की मण्डली के साथ कोरस गाने आयी थी। लेखिका नहीं होती तो शायद मैं गायिका होती। शादी के बाद गीतों का यह स्रोत अपने आप सूख गया। रामकथा के कुछ प्रसंगों पर गीत भी रचे पर यह सिलसिला ज़्यादा दिन नहीं चला। फिर कुछ रेडियो वार्ताएँ लिखीं, बाल कथाएँ लिखीं, छुटपुट व्यंग्य लिखे। बाल कथाएँ 'पराग' में प्रकाशित होती थीं और काफ़ी सराही जाती थीं।

फिर कहानी लेखन शुरू किया। कुछ छपती थीं, पर कुछ लौट भी आती थीं। सन् 1971 में एक कहानी धर्मयुग में छपी—'टूटने से जुड़ने तक'। उस कहानी ने मुझे अखिल भारतीय प्रतिष्ठा दिला दी। फिर पीछे मुड़कर नहीं देखा।

अब तक मेरे पैंतीस कथा संग्रह, एक गीत संग्रह, कुछ बालकथा संग्रह छप चुके हैं। एक व्यंग्य संग्रह भी है। मराठीभाषी परिवार से हूँ तो 1980 के बाद अपनी कहानियों के मराठी अनुवाद शुरू किये। मराठी सम्पादकों ने इन कहानियों को मौलिक रचना के रूप में छापा—उसके बाद मराठी में बारह कथा संग्रह छप चुके हैं।

साल—डेढ़ साल 'सरे राह चलते चलते' शीर्षक से स्तम्भ लेखन भी किया, पर उसमें ज़्यादा देर तक मन नहीं रमा। लगा अपने को ही दुहरा रही हूँ। इसलिए छोड़ दिया।

कहते हैं लेखक जब चुक जाता है—संस्मरण लिखने लगता है किन्तु मेरा संस्मरण लेखन कहानी के समानान्तर ही चलता रहा है और काफ़ी पसन्द किया जाता रहा है।

मराठी में एक वाचिक परम्परा रही है—कथाकथन। मैंने उसमें भी प्रयोग किये हैं और कई जगह कहानियाँ सुनाई हैं। हिन्दी में चूँकि यह नयी विधा है इसलिए लोग आश्चर्य भी करते हैं—पसन्द भी करते हैं।

इस तरह यह लेखन साथ चल रहा है। कई सम्मान प्राप्त हो गये हैं, जिन्हें मैंने विनम्र भाव से स्वीकार किया है। इसके लिए कभी कोई प्रयास नहीं किया—जो मिला, अनायास मिला। पाठकों ने मुझे लोकप्रियता दी है, ये सम्मान मुझे लोकमान्यता देते हैं। दोनों की अपनी अहमियत है।

सम्मान के लिए कोई नहीं लिखता, पर ये सम्मान लेखक का क़द एक इंच ही सही, बढ़ा देते हैं यह सही है।

—मालती जोशी

अनुक्रम

ब्लू व्हेल गेम

वह आधे रास्ते में ही थी कि बारिश शुरू हो गयी। रास्ते में कहीं कोइ छाया भी नहीं थी कि आसरा ले लेती। भीगे कपड़ों में चलना मुश्किल हो रहा था। उसे अपनी फ़िक्र नहीं थी। किताब की थी। ख़राब हो गयी तो दूसरी लेना कठिन हो जायेगा। इतनी मिन्नतें करनी पड़ेंगी कि हद नहीं। कॉपियाँ भीग गयीं तो सारे नोट्स फिर से निकालने पड़ेंगे।

वह चुपचाप सड़क के किनारे खड़ी होकर वर्षा के थमने की प्रतीक्षा करने लगी। तभी एक स्कूटर उसके पास आकर रुका। वह तो एकदम डर गयी। तभी उस व्यक्ति ने हेलमेट थोड़ा ऊपर उठाकर पूछा–"मोहित की बहन हो न?"

उसने सिर हिला दिया।

"आओ मैं घर तक छोड़ देता हूँ। मैं भी वहीं पास में ही रहता हूँ।" विश्वास करने को जी चाह रहा था पर डर भी लग रहा था। तभी पानी की एक ज़ोरदार बौछार आयी और वह फिर एक बार सिर से पाँव तक सराबोर हो गयी। फिर उसने विचार नहीं किया। चुपचाप पीछे जाकर बैठ गयी।

घर के सामने उतारकर वह चला गया। धन्यवाद करने का भी अवसर नहीं मिला। माँ शायद खिड़की से देख रही थी। घर में घुसते ही कोर्ट मार्शल शुरू हो गया–

"किसके साथ आयी हो?"

"भैया के कोई दोस्त हैं?"

"क्या नाम है?"

"नाम तो पूछ नहीं पायी।"

"नाम–पता जाने बिना महारानी स्कूटर पर सवार हो गयीं। कहीं और ले जाता तो।"

"पानी ज़ोर से बरस रहा था और मेरे पास छाता भी नहीं था–इसलिए।"

"तो क्या हुआ? मिट्टी की तो नहीं थीं कि पानी में गल जातीं?"

उसे दनादन छींकें आ रही थीं और माँ थीं कि दनादन बोले चली जा रही थीं। आख़िर उसने कहा–"मैं जाऊँ कपड़े बदल लूँ। बाक़ी भाषण बाद में दे लेना।"

उसकी बात ने आग में घी का काम किया। माँ और ज़ोर से शुरू हो गयीं। पर उन्हें अनसुना कर वह कपड़े बदलने चली गयी। फिर बाहर आयी ही नहीं। पर माँ देर तक भुनभुनाती रहीं। भैया के घर आते ही फिर शुरू हो गयीं–"पता नहीं कौन था? अपने आपको तुम्हारा दोस्त बताकर इसे स्कूटर पर घर छोड़ गया।"

भैया एकदम आगबबूला हो गये–"ख़बरदार जो मेरे किसी दोस्त से बात की। दुबारा किसी के साथ देखा तो टाँगें तोड़ दूँगा।"

उसे इतना ग़ुस्सा आया। इतनी–सी बात का कितना बड़ा इश्यू बना रहे हैं ये लोग? ऐसा क्या अनर्थ हो गया। एक भले आदमी ने भरी बरसात में लिफ़्ट ही तो दी है।

उस दिन का भीगना उसे बहुत भारी पड़ गया–शारीरिक रूप से भी और मानसिक रूप से भी। शाम तक उसे तेज़ ज़ुकाम हो गया और अगले दो–तीन दिन बुख़ार में तपती रही। बुख़ार उतरने के बाद भी कमज़ोरी लग रही थी। स्कूल जाने की हिम्मत नहीं हो रही थी। पर कितने दिन गोल करती। बारहवीं का साल था। एक–एक दिन महत्त्वपूर्ण था।

पाँचवें दिन वह स्कूल से लौट रही थी कि फिर वही स्कूटर आकर रुका–"घर छोड़ दूँ।"

"दो–तीन दिन से दिखाई नहीं दीं।"

"बुख़ार हो गया था।"

"ख़ैर–उसका इन्तज़ाम तो तुमने ख़ुद ही कर लिया था। उस दिन मैं ज़बरदस्ती न करता तो निमोनिया भी हो सकता था।"

"भले ही हो जाता। पर घर पर डाँट तो न खानी पड़ती।"

"इतनी–सी बात पर घर पर डाँट पड़ गयी? आपके भाईसाहब भी तो लड़कियों को घुमाते रहते हैं। उन्हें डाँट नहीं पड़ती?"

उसकी बात को अनसुना करके उसने कहा, "प्लीज़ आप इस तरह

बीच सड़क पर मुझसे बात मत कीजिए। किसी ने देख लिया और घर पर चुगली कर दी तो मेरी शामत आ जायेगी। कल को ये लोग मेरा स्कूल ही छुड़वा देंगे।''

और वह पलटकर चल दी। कानों में वही बात गूँज रही थी, आपके भाईसाहब भी तो लड़कियों को घुमाते रहते हैं–उन्हें डाँट नहीं पड़ती? आज वह घर जाकर माँ से यह बात ज़रूर कहेगी हालाँकि उसका कोई फ़ायदा नहीं होगा। माँ भैया के ख़िलाफ़ एक शब्द भी नहीं सुन सकतीं। उलटे उसे ही डाँट पड़ेगी।

''अब तू उसकी बराबरी करेगी?'' जाने दो। यह बात किसी से नहीं कहनी है। नहीं तो वही पूछताछ शुरू हो जायेगी ''तुझे कैसे पता? तुझे किसने बताया? क्या वह फिर मिला था?'' और वह बेचारा कितने प्यार से पूछ रहा था–''दो–तीन दिन से दिखाई नहीं दीं?'' मतलब उसकी अनुपस्थिति को किसी ने तो नोटिस किया था। वह पुलक से भर उठी।

अगले दिन वह सुबह ही मिल गया–''घर पर न सही, स्कूल छोड़ सकता हूँ?''

''ना बाबा। वहाँ तो हज़ार आँखें हैं देखने वाली। कोई न कोई घर पर बता ही देगा।''

''बाप रे! इतनी पहरेदारी! ख़ैर ठीक भी है। सुन्दर लड़कियों के माँ–बाप को चौकस रहना ही पड़ता है।''

''सुन्दर कौन? मैं?'' और वह हँस दी, एक कसैली–सी हँसी।

''क्यों?''

''पता है, माँ से सब लोग कहते हैं–आम के पेड़ में यह जामुन कैसे फल गया?''

''बेवकूफ़ हैं वे लोग? उन्होंने कभी जामुन की मिठास चखी ही नहीं है।''

''मतलब?''

''मतलब सुन्दरता का अर्थ सिर्फ़ गोरा रंग ही नहीं होता। दरअसल सुन्दरता किसी के चेहरे में नहीं होती–देखने वाले की आँखों में होती है।''

अनायास ही उसने आँख उठाकर उसकी ओर देखा और तुरन्त ही नज़रें झुका लीं। एक अनिर्वचनीय सुख से वह नहा उठी थी? उसे लगा और थोड़ी देर वहाँ खड़ी रही तो पता नहीं क्या कर बैठेगी।

उसके वे शब्द–उसकी वे आँखें उसके दिलोदिमाग़ पर छा गयी थीं। अपने दबे हुए रंग को लेकर वह हमेशा ही एक तरह के हीन–बोध से ग्रस्त रही है। आज पहली बार अहसास हुआ कि वह भी कुछ है। उसका अस्तित्व इतना नगण्य नहीं है।

मंगलवार को मन्दिर जाने का उसका नियम है। उस दिन दर्शन करके सीढ़ियाँ उतर रही थी कि सामना हो गया। ''यहाँ कैसे?'' उसने पूछा और ख़ुद ही झेंप गयी। मैं भी कैसी बेवकूफ़ हूँ। मन्दिर में कोई क्यों आयेगा दर्शनों के लिए ही तो।

''हाँ, मैं भी दर्शनों के लिए ही आया हूँ। पर भगवान के नहीं, भक्त के दर्शन के लिए आया हूँ।''

उसने चौंककर देखा–वे आँखें शरारत से चमक रही थीं।

''आइस्क्रीम खाओगी?''

वह चुप रही।

वह बोला, ''शुरू हो जाओ, कोई देख लेगा, घर पर डाँट पड़ेगी।''

कुछ इस अन्दाज़ में उसकी नक़ल उतारी गयी कि उसका ईगो आहत हो गया। उसका मन विद्रोह कर उठा। "चलिए", उसने कहा और दोनों चलकर एक आइस्क्रीम वाली गाड़ी के पास खड़े हो गये। आइस्क्रीम खाते हुए वह याद कर रही थी कि पिछली बार, आइस्क्रीम कब खायी थी कि सामने से शब्द आये–"इधर देखो।''

उसने अनायास ही उसकी ओर देखा। वह उससे सटकर खड़ा हो गया और तुरन्त एक सेल्फ़ी ले ली।

''ये क्या कर रहे हैं?''

''इस क्षण को यादगार बना रहा हूँ। देखो कितनी सुन्दर फ़ोटो आयी है।''

देखा–वह उससे बिलकुल सटकर खड़ी है और उसे देख रही है। वह जो 'इधर देखो' कहा गया था उसका यह कमाल था। पर एक बात थी, फ़ोटो में वह बहुत सुन्दर लग रही थी। वह मानो हवा में तैरते हुए ही घर पहुँची थी। मन एक सुखद अहसास से भर गया था। इतना सुख, इतनी ख़ुशी उसे जीवन में पहली बार मिल रही थी।

बीच में दो–चार दिन ऐसे ही निकल गये, मुलाक़ात नहीं हुई। उसे यह जानकर आश्चर्य हुआ कि वह मन–ही–मन प्रतीक्षा करती रही है। उसे अपने आप पर ग़ुस्सा भी आया और शर्म भी।

"हैलो।" चौथे दिन वह सामने आकर खड़ा हो गया।

"चाय पीने चलोगी?"

"न बाबा।"

"कोई देख लेगा। घर पर डाँट पड़ेगी।"

"नहीं, वह बात नहीं है। पर देर हो जाती है तो माँ चिन्ता करने लगती है।"

"उस दिन की फ़ोटो देखी थी न कितनी सुन्दर आयी है। सोच रहा हूँ फेसबुक पर डाल दूँ। देखना इतने लाइक्स मिलेंगे?"

"प्लीऽऽज़ उसने एकदम हाथ ही जोड़ लिए ऐसा ग़ज़ब न करना। मेरा स्कूल जाना बन्द हो जायेगा, घर में क़ैद हो जाऊँगी।"

"ओके, चलो तुम्हारे मोबाइल पर डाल देते हैं।"

"अव्वल तो मेरे पास मोबाइल ही नहीं है। होता भी तो मैं यह फ़ोटो डालने की हिम्मत नहीं कर पाती।"

"तुम्हारे पास मोबाइल नहीं है? क्या बात करती हो? आजकल तो चौथी–पाँचवीं के बच्चे भी मोबाइल रखते हैं।"

"भैया के पास तो है। पर पापा लड़कियों को मोबाइल देने के पक्ष में नहीं हैं।"

"क्यों? मोबाइल क्या सिर्फ़ ब्वॉयफ्रेंड को फ़ोन करने के लिए होते हैं। उसके और भी उपयोग हैं। कहीं अटक जाओ तो घरवालों को बता सकती हो। कहीं भटक जाओ तो पुलिस की मदद ले सकती हो।"

"हमारे घरवाले इस बात को समझते नहीं हैं न।"

"तो फ्रेंड! चलो आओ चाय पीते हैं, माइंड फ्रेश हो जायेगा।" उसने इनकार नहीं किया। वह सामने वाले को नाराज़ करना नहीं चाहती थी। चाय पीते समय भी उसे इस बात की फ़िक्र नहीं थी कि कोई देख लेगा, फेसबुक का डर उसे खाये जा रहा था।

"मैं आपसे फिर रिक्वेस्ट करती हूँ। वह तस्वीर फेसबुक पर मत डालिएगा। नहीं तो ग़ज़ब हो जायेगा।"

"तुम्हारा स्कूल छूट जायेगा–यही न।"

"मेरा जो होगा सो होगा। पर भैया आपको भी नहीं छोड़ेंगे। बहुत खूँखार हैं।"

"तो मैंने क्या चूड़ियाँ पहन रखी हैं। ईंट का जवाब पत्थर से देना

जानता हूँ। अपने भाई से कहना, मुझसे पंगा न ले। अगर लड़ने–भिड़ने मेरे दरवाज़े आया तो ज़िन्दा वापिस नहीं जायेगा।

सर से पाँव तक काँप उठी वह। चेहरे पर हवाइयाँ उड़ने लगीं। लाख दुर्दान्त सही–वह उसका इकलौता भाई है। उसे कुछ हो गया तो अपने आपको वह कभी माफ़ नहीं कर सकेगी। अगर ज़िन्दा रही तो–पहले भैया उससे ही निबटेंगे।

रातभर वह बड़ी बेचैन रही। कल तक जो अहसास बड़ा लुभावना और रोमांचक लग रहा था–आज एकाएक डरावना लगने लगा। उसे लगा, परिवार की लक्ष्मण रेखा लाँघकर उसने अच्छा नहीं किया। माँ डाँटती हैं, भैया धमकाते हैं तो उसके पीछे कोई कारण तो होगा। उन्होंने मुझसे ज़्यादा दुनिया देखी है। वह बिना वजह जोश में आ गयी थी। जिस व्यक्ति का नाम भी नहीं जानती उसके साथ आइस्क्रीम खाने चली गयी। चाय पीने चली गयी। और तो और–उसके साथ सेल्फ़ी भी! अब डर लग रहा है। उसने सचमुच फेसबुक पर डाल दी तो? तो वह कहीं की नहीं रहेगी, पापा का तो हार्ट फेल ही हो जायेगा। और भैया पर क्या गुज़रेगी, इसकी कल्पना से उसकी रूह काँप उठी।

अपने मन की बात किसी से कह पाती तो शायद कुछ राहत मिलती–कोई राह भी मिलती। पर कहे तो किससे कहे। सहेलियों से कहना मतलब अपना मख़ौल उड़ाना है। एक से दूसरी तक होते हुए बात सारे स्कूल में फैल जायेगी। और उसका अन्तिम रूप पता नहीं क्या होगा।

छोटी बहन बगल में सो रही थी। पर उससे कहने का सवाल ही नहीं उठता। पूरी लाउडस्पीकर है। अभी आधी रात को ही माँ को जगाकर सारी रामायण सुना देगी। घर में कोहराम मच जायेगा। अच्छा है कि उसका स्कूल दूसरा है और वह बस से जाती है। नहीं तो अब तक घरवालों को सारी कहानी पता चल गयी होती। शायद वह अच्छा ही होता।

तबीयत का बहाना बनाकर वह दो दिन स्कूल नहीं गयी। तीसरे दिन उसने रास्ता बदल दिया और टाइम भी। माँ से कह दिया शाम को एक्स्ट्रा क्लासेज़ हैं। उस बहाने आज एक सहेली के घर–कल दूसरी सहेली के घर देर तक रुकी रही। पर ऐसा कब तक चलता। एक दिन सामना हो ही गया। वह अनदेखा कर चली जा रही थी कि वह सामने आकर खड़ा हो गया।

"हमसे मुँह छिपा रही हो? नज़रें चुरा रही हो? ये लुका–छिपी किसलिए भाई?"

"सॉरी, मैंने आपको देखा नहीं।"

"तो अब देख लो! नज़र उठाकर देख लो। जी भर के देख लो।"

उसकी नज़र उठी तो पर वह डर गयी थी। कहीं उसने फिर फ़ोटो ले ली तो।

"क्या बात है। आज बहुत एटीट्यूड दिखा रही हो?"

"नहीं तो?" उसने कहा पर वह बहुत डर गयी थी।

एटीट्यूड तो आज वह दिखा रहा था जिससे घबराहट हो रही थी।

"देखो, हम दोस्त हैं और दोस्त रहेंगे तो कल शाम हम मिलते हैं–चार बजे।"

"क्यों?" उसका स्वर काँप रहा था।

"काम है! कल बताऊँगा। तो फोर थर्टी शार्प–समझ गयीं न।"

"न आ पाऊँ तो?"

"न आना तुम्हें बहुत महँगा पड़ेगा। ओके चलता हूँ।"

यह तो सरासर धमकी थी। रातभर वह करवट बदलती रही, सोचती रही। पर समस्या का कोई हल ही सामने नहीं आ रहा था। क्या करे वह! घरवालों से कहे। पुलिस में रिपोर्ट करे या पंखे से लटक जाये। इस घर में तो आत्महत्या करना भी सम्भव नहीं है। एक पल को भी तो कमरा ख़ाली नहीं मिलता। पता नहीं रोज़–रोज़ इतनी लड़कियाँ फ़ाँसी कैसे लगा लेती हैं।

आजकल घर में घासलेट तो होता नहीं है। भैया की गाड़ी से पेट्रोल निकालकर अपने ऊपर छिड़क ले तो। पर हिम्मत नहीं हो पा रही थी। कभी अनजाने में गरम पतीली या तवा छू जाता है तो प्राण निकल जाते हैं। पूरा शरीर जलने लगेगा तो कैसे सह पायेगी। और अगर बच गयी तो? ज़िन्दगी मौत से भी बदतर हो जायेगी।

वैसे ज़हर खाया जा सकता है। पर वह किस दुकान पर किस नाम से मिलता है, पता नहीं है। लोग सल्फ़ास की गोलियाँ या चूहामार दवाई खाकर भी आत्महत्या कर लेते हैं। पर कितनी खानी है, पता तो हो। अगर मर नहीं पायी तो अच्छा–ख़ासा तमाशा खड़ा हो जायेगा।

यूँ तो वह कुएँ में छलाँग लगा सकती है। पर शहर में कुआँ कहाँ ढूँढ़ेगी।

सुबह उठी तो सिर भारी था। स्कूल आज उसने फिर गोल कर दिया। माँ ने पूछा भी और डाँटा भी। पर सिरदर्द का बहाना किये वह लेटी रही।

चार बजे वह एक निश्चय के साथ उठी। आज इस एपीसोड को ख़त्म करना ही है, परिणाम चाहे जो भी हो। उसने माँ से कहा कि वह सहेली के यहाँ नोट्स लेने जा रही है और माँ की अनुमति की प्रतीक्षा किये बिना ही चल पड़ी।

वह प्रतीक्षा ही कर रहा था। क्या उसे विश्वास था कि वह ज़रूर आयेगी?

"दैट्स लाइक ए गुड गर्ल। आओ, बैठो।"

वह मूर्तिवत् खड़ी रही।

"कम ऑन यार! इस तरह सड़क पर खड़ी रहोगी तो जो नहीं देखना चाहते वे भी देख लेंगे।"

"आप मुझे ब्लैकमेल कर रहे हैं।" उसने साहस जुटाकर कहा।

"अरे वाह! तुम्हें यह शब्द मालूम है?"

"आपको क्या मैं इतनी बेवकूफ़ लगती हूँ?"

"तुम मुझे क्या लगती हो, क्या बताऊँ। पर देखो दोस्ती में ऐसी बदमजगी नहीं होनी चाहिए। चलो, कहीं चलकर बैठते हैं। मैं तुम्हारे सामने वो फ़ोटो डिलीट कर देता हूँ जिसको लेकर तुमने मुझ पर ब्लैकमेलिंग का आरोप लगाया है।"

यह कसौटी का क्षण था। क्या उस पर विश्वास कर ले। पर विश्वास किये बिना मुक्ति नहीं थी। वह फ़ोटो उसके पास था, वह उसका कभी भी, कैसा भी उपयोग कर सकता था।

वह चुपचाप पीछे बैठ गयी। उसे घुमाता हुआ वह बहुत दूर की कॉलोनी में ले गया और एक बँगले के सामने गाड़ी रोक दी।

"आप तो हमारे मोहल्ले में रहते हैं न।"

"मैं वहीं रहता हूँ। यहाँ मेरा दोस्त किराये से रहता है। आज उसके मकानमालिक सपरिवार किसी शादी में गये हैं। इसलिए अत्यन्त कृपावत् होकर उसने चाबी मुझे दे दी है।" उसने कमरे का ताला खोलते हुए कहा।

जब तक वह कुछ समझ पाती—वह कमरे के अन्दर थी और दरवाज़ा बन्द हो गया था।

दो घण्टे बाद उस कमरे से जो बाहर निकली वह कोई और ही लड़की थी। शरीर और मन से लुटी–पिटी और टूटी हुई, वह सड़क पर असमंजस में खड़ी थी।

एक बात तय थी, अब वह लौटकर घर नहीं जायेगी। क्योंकि उसने चलते समय कहा था—मैं जब भी बुलाऊँ तुम्हें आना पड़ेगा। नहीं तो आज की तस्वीरें वायरल कर दूँगा।

उसने निश्चय कर लिया कि वह यह शहर ही छोड़ देगी। उसने स्टेशन का रुख़ किया। उसे अन्दाज़ा नहीं था कि यहाँ से स्टेशन कितनी दूर है। उसके पास किराये के पैसे भी नहीं थे। पूछते–पूछते, गिरते–पड़ते वह किसी तरह पहुँच ही गयी।

हमेशा की तरह स्टेशन पर भारी भीड़ थी। शायद कोई ट्रेन आने को थी, प्लेटफ़ॉर्म खचाखच भरा हुआ था। उसे लगा किसी से पूछ ले कि कौन–सी गाड़ी है, कहाँ जा रही है। पर फिर उसे लगा कि उसके प्रश्न पर लोग उसे शक़ की नज़र से देखेंगे। उसके पास कोई सामान भी नहीं है। वैसे भी क्या फ़र्क़ पड़ता है, उसे तो जाना है। वह भीड़ को चीरते हुए प्लेटफ़ॉर्म के आख़िरी सिरे तक चली गयी। यहाँ आख़िरी डिब्बे रुकेंगे उन्हीं में चढ़ जायेगी।

स्टेशन पर अनाउंसमेंट हो रही थी, पर उस समय वह अपने में ही खोयी हुई थी। वह सोच रही थी। अगर विदाउट टिकट पकड़ी गयी तो? उसके साथ कैसा सलूक होगा? भेड़िए तो हर जगह होते हैं। अकेली लड़की तो कहीं भी सुरक्षित नहीं है।

अगर कुछ दयावान लोगों ने पूछताछ करके उसके घर ख़बर कर दी तो? या पुलिसवालों ने सौजन्य दिखाकर उसे घर वापस भेज दिया तो?

वह स्थिति तो मृत्यु से भी भयंकर होगी।

दूर से गाड़ी की सीटी—नहीं हॉर्न सुनाई दिया।

काला विशालकाय इंजन धड़धड़ाता हुआ आगे बढ़ रहा था।

उसने एक क्षण घरवालों को याद किया और अगले ही पल पटरी पर छलाँग लगा दी।

दरका हुआ दर्पण और खण्डित छवियाँ

"कांग्रेच्युलेशंस मि. कुमार", डॉ. शेफाली ने बाहर आते ही कहा–''आपके यहाँ एक नन्हा मेहमान आने वाला है।''

कपड़े ठीक करते हुए मैंने परदे की फाँक से 'मि. कुमार' की प्रतिक्रिया देखनी चाही। उनका चेहरा एकदम फ़क पड़ गया था। मैं जब बाहर आयी तो वे बुदबुदा रहे थे–''मैंने तो सुना था, इस उम्र में बच्चों का कोई ख़तरा नहीं होता।''

"उसे ख़तरा नहीं कहते मि. कुमार–सम्भावना कहते हैं। इस उम्र में सम्भावना सचमुच बहुत कम होती है। इसीलिए आपको कांग्रेच्युलेट कर रही हूँ। यू आर लकी। रादर शी इज़ लकी।" डॉक्टर ने कहा। फिर मुझसे मुख़ातिब होकर बोली–''सिट डाउन डियर। वी हैव टू डिस्कस ए लॉट।''

मैं अपनी कुर्सी पर बैठ गयी। डॉक्टर प्रिस्क्रिप्शन लिखने लगी। साथ ही मुझे ढेर सारी हिदायतें भी देती जा रही थी। मैंने कनखियों से इनकी ओर देखा। उनका चेहरा एकदम पथराया हुआ था। वे वहाँ बैठे ज़रूर थे, पर शायद कुछ भी देख–सुन नहीं रहे थे।

''थैंक्यू डॉक्टर," मैंने उठते हुए कहा।

''ओके डियर, टेक केयर।'' वे बोलीं और उन्होंने आया के लिए घण्टी बजायी। शायद वे अगली पेशेंट को बुलाना चाह रही थीं।

''चलें'' मैंने इनसे कहा तो ऐसे चौंके जैसे नींद से जागे हों। नींद में चलने वाले व्यक्ति की तरह ही बाहर आये और गाड़ी में बैठ गये। मेरे बैठने के बाद भी उनकी समाधि भंग नहीं हुई। स्टियरिंग पर हाथ रखकर वे बैठे ही रहे।

''चलना नहीं है क्या?'' मैंने खीजकर कहा। ''ओह सॉरी'' उन्होंने कहा और गाड़ी स्टार्ट कर दी। उनका ये रवैया देखकर घर जाने का

उत्साह ही ख़त्म हो गया। मैंने कलाई घड़ी की ओर देखकर कहा, "ओह! दस बज रहा है। अब घर जाकर लौटूँगी तो बहुत देर हो जायेगी। प्लीज़ मुझे कॉलेज छोड़ दें।"

उन्होंने कोई प्रतिवाद नहीं किया और रूट बदल दिया। थोड़ी देर में गाड़ी कॉलेज के गेट पर थी। मुझे उतारकर वे चुपचाप चले गये।

गेट पर ही अदिति मिल गयी। वह सुबह–सुबह गणित के एक्स्ट्रा क्लासेस लेती है। बोली–"आज मियाँजी पकड़ाई में कैसे आ गये?"

"सुबह–सुबह आ जाते हैं। शाम को कोई ठिकाना नहीं होता।" बोलते हुए हम लोग कॉरीडोर में पहुँच गये थे। वहाँ और लोग भी थे।

"आज सुबह–सुबह कैसे?"

"डॉक्टर के यहाँ गयी थी। सोचा घर जाऊँगी तो लेट हो जाऊँगी।"

"डॉक्टर के यहाँ क्यों? कोई ख़ास बात?" अरुणा ने आँखें नचाकर पूछा।

"उसके चेहरे का ग्लो देख न। वही बतायेगा," मिसेज़ महाजन बोलीं।

"कसम से अन्ना, शादी के बाद तेरी रंगत ही बदल गयी है। दस साल छोटी लग रही है तू।" पूनम ने कहा।

"ए डॉक्टर क्या बोली बता न?" सीमा का आग्रह था। मैं मुस्कराकर रह गयी तो मिसेज़ महाजन बोलीं–"नहीं बताती तो मत बताने दो। वो छिपेगा थोड़े ही। अभी आगे आ जायेगा।"

"ए सुबह से मैंने कुछ खाया नहीं है। मुझे ख़ूब भूख लग रही है? मेरे साथ कोई कैंटीन में चलने के लिए इंट्रेस्टेड है?"

"तू ट्रीट दे रही है क्या? तो सब चलते हैं?"

कुछ ही पलों में पूरा जत्था कैंटीन में था। लम्बा–चौड़ा ऑर्डर दिया गया। मेरी ख़ुशी जैसे सबकी ख़ुशी बन गयी थी। पर खाने की प्लेट सामने आते ही याद आया, इन्होंने एक बार भी नहीं पूछा था कि डायरेक्ट जा रही हो तो तुम्हारे खाने का क्या होगा–जबकि पूछना चाहिए था। यह अहसास होते ही मन खट्टा हो गया और सब कुछ बेस्वाद–सा लगने लगा। सखी–सहेलियों के बीच मुद्रा बनाये रखना मुझे कठिन लगने लगा।

घर लौटते हुए 'मधुरम' के सामने से गुज़री तो वहाँ की सुगन्ध ने मुझे खींच लिया। मैंने अपनी पसन्द की इमरती और इनके लिए रसगुल्ले ले लिए। मीठे के बाद, कुछ नमकीन भी चाहिए इसलिए समोसे और ढोकले

भी पैक करवा लिए। चाय के लिए देर तक इनका इन्तज़ार करती रही। फिर अकेले ही सबका आनन्द ले लिया।

ये देर रात लौटे। मैंने सीधे खाना ही लगा दिया। खाने के साथ 'मधुरम' की सामग्री भी परोस दी।

"अरे, ये क्या–क्या बना लिया आज?"

"कुछ नहीं। आज खाना खाकर नहीं गयी थी न, कैंटीन जाना पड़ा। वहीं से कुछ घर के लिए भी बँधवा लिया।"

'ओके" इन्होंने कहा और खाना शुरू कर दिया, पर मैं देख रही थी खाने में इनका ज़रा भी मन नहीं है। फिर मेरा मन भी उचट गया। **सेलिब्रेशन** की हवा निकल गयी। सारी ख़ुशी बेमज़ा हो गयी। मैंने बचा हुआ सब कुछ उठाकर गंगाराम को दे दिया। कम–से–कम उसके बच्चे ही ऐन्जॉय करें।

खाने के बाद ये रोज़ की तरह टी.वी. के सामने बैठ गये। मैं कल के लेक्चर्स की तैयारी करती रही। कोई साढ़े दस बजे मैं सोने गयी, पर आँखों में नींद का नाम नहीं था। दिनभर का घटनाचक्र दिमाग़ में घूम रहा था।

ये कमरे में आये तब रात काफ़ी हो चुकी थी। मैं सोने का नाटक किये पड़ी रही, पर ये शायद जानते थे कि मैं जाग रही हूँ क्योंकि बिस्तर पर आते ही इन्होंने पूछा–"तुम्हें पहले से पता था न।"

मैं उनका मन्तव्य समझ गयी। इसलिए धीरे से कहा–"हाँ, थोड़ा अन्दाज़ा था।"

"तो मुझे बताया क्यों नहीं?"

""कन्फ़र्म नहीं था न इसीलिए तो आपको साथ ले गयी थी।"

वे कुछ देर चुप रहे। फिर बोले–"वह महिला इतना जोश के साथ कांग्रेच्युलेट कर रही थी कि उस समय मैं कुछ बोल नहीं पाया। अब तुम्हीं एकाध बार फ़ोन लगाकर पूछ लेना। यही कि केन वी एनीमिनेट मतलब बिफ़ोर इट इज़ टू लेट–क्या छुटकारा पाया जा सकता है?"

मैं एक झटके के साथ उठ बैठी–"व्हाट डू यू मीन? आपको कोई ख़ास ख़ुशी नहीं हुई यह तो मैं जान गयी थी। पर आप छुटकारा पाने की बात करेंगे, यह नहीं सोचा था।"

''लोग क्या कहेंगे ये सोचा है?''

''लोग क्या करेंगे और क्या कहेंगे? शादीशुदा हैं हम लोग। कोई अवैध सन्तान नहीं है यह।''

''इस उम्र में बच्चा पैदा करोगी तो हँसी नहीं होगी?''

''इस उम्र में शादी की है तो इस उम्र में ही बच्चा होगा न। प्रॉब्लम क्या है?''

''प्रॉब्लम तुम्हें नहीं होगी, पर मुझे है। इतनी बड़ी–बड़ी दो बेटियों के होते हुए तीसरा बच्चा आयेगा तो लोग हँसेंगे।''

"इतनी बड़ी–बड़ी दो बेटियों के होते हुए आपने शादी की तब लोगों ने कुछ नहीं कहा? और आपकी शादी कोई अनायास नहीं हुई है। आपने बाक़ायदा मैट्रीमोनियल में पोस्ट डाली थी। तब बेटियों का ख़याल नहीं आया?"

बेटियों का ख़याल था तभी तो दूसरी शादी की है। जवान होती लड़कियों को घर पर छोड़कर जाते हुए डर लगता है। बुआजी की बहुत मान–मनौवल करके यहाँ लाया था। डेढ़ साल तक किसी तरह उन्होंने निभा दिया, पर वे उकता गयी थीं। उन्होंने अल्टीमेटम दे दिया था–मुन्ना जल्दी कोई इन्तज़ाम करो। ये चौकीदारी अब हमसे नहीं होगी। हमारा भी घरबार है, बाल–बच्चे हैं, नाती–पोते हैं। बुढ़ापे में हम उनका सुख भोगें कि तुम्हारी धर्मशाला सँभालें?...इधर पलक और महक भी उनसे बोर हो चुकी थीं। मजबूरन शादी का निर्णय लेना पड़ा।

उनका एक–एक शब्द मुझे छलनी करता चला गया। कसैले स्वर में मैंने कहा–''तो श्रीमानजी अब मुझे एक बात बता दो। इस घर में मेरा स्टेटस क्या है? आया, वार्डन या सिर्फ़ चौकीदार।''

''इतना कड़वा बोलने की ज़रूरत नहीं है। मैं तुम्हें इन लड़कियों की माँ बनाकर लाया हूँ।''

''रियली?''

मेरे स्वर से वे तिलमिला उठे। कुछ कहने को उनके होंठ फड़फड़ाये, पर वे चुप रहे। मैंने ही कहा–''आपको क्या लगता है, माँ बनना इतना आसान है?'

''क्यों नहीं है? बस थोड़ा–सा प्यार दो उन्हें–वे माँ के प्यार के लिए तरस गयी हैं।''

''प्यार देना कोई चॉकलेट या टॉफ़ी देना नहीं है।''

"और आपकी बेटियों की माँ मैं कभी नहीं बन सकती। क्योंकि उनके मन में अपनी माँ की याद अभी ताज़ा है। वो उस स्थान पर किसी दूसरे की कल्पना भी नहीं कर सकतीं। हो सकता है इस शादी के लिए वे मन–ही–मन आपको कोसती रही हों–वे इस समय उम्र के बहुत ही नाज़ुक और भावुक दौर से गुज़र रही हैं। इस समय आप उन पर कोई रिश्ता लादने जायेंगे तो वे बगावत कर देंगी–हम लोगों के बीच शान्तिपूर्ण सहअस्तित्व बना रहे–यही काफ़ी है।"

उस रात हम दोनों में से कोई भी नहीं सो सका।

सुबह उठी तो सर भारी लग रहा था। बहुत थकान–सी महसूस हो रही थी। कॉलेज जाने का ज़रा भी मन नहीं था। पर छुट्टी लेती भी तो किस बहाने। और घर में बैठकर करती भी क्या। ख़ाली घर दिनभर भाँय–भाँय करता रहेगा। वहाँ कम–से–कम चार लोगों के बीच समय तो कटेगा।

सिनेमा के परदे पर, उपन्यास के पन्नों पर इस प्रसंग के कैसे मनोहारी चित्र मैंने देखे थे। और मेरे घर में ये कैसी विपरीत लीला हो रही है। इस उम्र में शादी करके मैंने भूल तो नहीं की?

बेमन से ही सही, तैयार होकर जैसे ही एक्टिवा की चाबी निकाली, मन विद्रोह कर दिया, 'नहीं, अब एक्टिवा से नहीं जाना है।' गंगाराम को भेजकर मैंने ऑटो बुलवाया। पर कॉलेज पहुँचने तक हालत ख़राब हो गयी। लगा कि इससे तो अपनी एक्टिवा ही अच्छी।

मैं ऑटो से उतर रही थी कि मिसेज़ महाजन सामने पड़ गयी, "तू इस खड़खड़िया में आयी है।"

"हाँ, डॉक्टर ने स्कूटी के लिए मना किया है।" मैं सफ़ेद झूठ बोल गयी।

"तो मियाँ से बोल, गाड़ी का इन्तज़ाम करेंगे।"

"हम लोगों की टाइमिंग अलग है और डायरेक्शन भी।"

"तो नयी गाड़ी लेने को बोल। दिस इज़ ए स्पेशल चाइल्ड। उसके लिए नयी गाड़ी होना माँगता।"

'प्रेशस चाइल्ड।' कोई मेरे घर आकर देखे इस प्रेशस चाइल्ड का कैसा स्वागत हो रहा है।

दूसरे दिन से मैं केब बुलवाने लगी। कभी कोई छोड़ भी देता। इस नयी वाहन व्यवस्था का इन्हें पता ही नहीं चला। क्योंकि ये मुझसे पहले निकल जाते थे और मेरे आने के बाद ही लौटते थे।

एक दिन कोई मीटिंग थी तो मैं देर से घर पहुँची। ये मुझे चाय पीते हुए मिले–"तुम्हारी स्कूटी दिखी तो मुझे लगा, घर पर ही हो। फिर गंगाराम ने बताया कि आजकल स्कूटी पर नहीं जातीं।"

''हाँ, डॉक्टर ने मना किया है।'' मैंने अपना झूठ दोहरा दिया–"ऑटो पर जाती हूँ तो कॉलेज में डाँट पड़ती है। इसलिए आजकल रोज़ कैब लेनी पड़ती है।"

मुझे लगा ये कहेंगे–अरे बताना तो था। मैं ड्राइवर भेज देता, दिनभर बैठा ही तो रहता है।

पर ये कुछ नहीं बोले। जब गंगाराम चाय का सामान समेटकर ले गया, तो गम्भीर स्वर में बोले–''आज ऑफ़िस में ऐसी ही बात चल पड़ी थी तो मैंने सबको बताया। तो मिसेज़ जयशंकर बोलीं कि इस उम्र में डिलीवरी बहुत रिस्की होती है। नॉर्मल तो ख़ैर होती ही नहीं है। सीज़ेरियन भी बहुत कॉम्प्लीकेटेड हो जाता है।"

"मिसेज़ जयशंकर से पूछियेगा कि आजकल कितनी डिलीवरीज़ नॉर्मल होती हैं? हो सकता है डॉक्टर्स स्वार्थवश ऐसा करते हों या सचमुच वैसी ज़रूरत होती है–इस देश में पचास प्रतिशत से ज़्यादा डिलीवरीज़ सीज़ेरियन होती हैं।"

और मि. नारंग भी कह रहे थे–

''क्या?''

''इस उम्र में जो बच्चे पैदा होते हैं वे एबनॉर्मल होते हैं। या तो मन्दबुद्धि होते हैं या अपंग।''

नारंग साहब को शायद पता नहीं कि पुराने ज़माने में औरतें मेनोपॉज तक बच्चे पैदा करती जाती थीं। क्योंकि रोकने का कोई साधन नहीं था। आठ–आठ, दस–दस की लाइन लग जाती थी। पर वे सब बच्चे नॉर्मल होते थे। हाँ, माँ की हालत ज़रूर दिन–ब–दिन ख़स्ता होती जाती थी।

''पहले वाली दोनों लड़कियाँ ही हैं वो डर लगता है–एक और लड़की आ गयी तो?''

''तो क्या?''

''इन दोनों की पढ़ाई और शादी के बाद तीसरी के लिए मेरे पास कुछ नहीं बचेगा।''

''मैं कमा रही हूँ न। सब सँभाल लूँगी।''

''जुड़वाँ भी हो सकती हैं।''

''होने दीजिए। जैसे पलक और महक पल गयीं–वे भी पल जायेंगी। फॉर ए चेंज बेटा भी तो हो सकता है।''

''बेटे का मैं क्या करूँगा। उसके जवान होने तक तो मैं बूढ़ा हो जाऊँगा।''

''तो वह आपके बुढ़ापे की लाठी बन जायेगा। लोग इसी दिन के लिए तो बेटे की कामना करते हैं।''

''मतलब तुम्हारे पास हर बात का जवाब है," इन्होंने खीजकर कहा।''

"मेरे पास हर बात का जवाब है क्योंकि मैं सकारात्मक ढंग से सोचती हूँ। पॉज़िटिव अप्रोच रखती हूँ। आप हर बात को नकारात्मक ढंग से देखते हैं, सोचते हैं। ऑफ़िस में भी आपने यह बात बड़े मायूस अन्दाज़ में की होगी। तभी लोगों ने आपको इतने भयानक उदाहरण दिये। कॉलेज में तो मुझ पर बधाइयों की वर्षा हो गयी थी। जबकि मैंने सिर्फ़ इतना बताया था कि मैं डॉक्टर के यहाँ से आ रही हूँ।"

"वो मुझ पर छोड़ दीजिए। माना कि हम लोगों के सम्बन्ध नितान्त औपचारिक हैं, हम लोगों के बीच कोई संवाद नहीं है–पर मैं सँभाल लूँगी। पर एक बात ज़रूर कहूँगी। कहाँ तो आप चाहते हैं कि मैं उन्हें माँ का प्यार दूँ। पर आपने मुझे उनसे जुड़ने ही नहीं दिया। इतने दिनों तक बुआजी की क़ैद में थीं उनके जाते ही आपने लड़कियों को हॉस्टल भेज दिया।"

"उन दोनों की ही ज़िद थी, कह रही थीं कि हमारा बारहवीं का साल है। हम शान्ति से पढ़ना चाहती हैं।"

"तो आपको कहना था कि यहाँ उनकी शान्ति भंग करने वाला कोई नहीं है। जो थीं वे अपने घर चली गयी हैं। पर आपने मना नहीं किया क्योंकि आप भी बच्चों के सामने मेरे साथ कम्फ़र्टेबल नहीं हो पाते थे।"

''उसी कम्फ़र्ट ज़ोन का नतीजा भुगत रहा हूँ मैं," इन्होंने कहा और एकदम उठकर चल दिये। मैं देखती रह गयी। पिछले आठ–दस दिनों में यह आदमी कितना बदल गया है। या यही इसका असली चेहरा है। नये

नवेले प्रेम के उन्माद में मैं तब इतना खो गयी थी कि सब कुछ रंगीन नज़र आ रहा था। इतनी जल्दी मोहभंग हो जायेगा, यह नहीं सोचा था।

ये ऑफ़िस से लौटे तब मैं तैयार होकर हॉल में बैठी थी। बोले–"अभी–अभी आयी हो?"

मैंने सिर हिला दिया। बोली नहीं। ये कुछ देर तक मुझे देखते रहे, फिर बोले–"इतना ड्रेसअप होकर कॉलेज जाती हो?"

"थैंक गॉड। आपका ध्यान तो गया। श्रीमानजी मैं मन्दिर जाने के लिए तैयार हुई हूँ। माँ का आदेश था, शादी के बाद पहली बार दर्शनों के लिए जा रही हो–ख़ूब सज–सँवर के जाना।"

"किसके दर्शनों के लिए जा रही हो।"

"मातारानी के। नवरात्रि चल रही हैं, कुछ पता भी है!"

"और माँ का आदेश है कि अकेली मत जाना–जोड़े से जाना। इसीलिए आपकी प्रतीक्षा कर रही थी। चलेंगे न।"

वे थोड़ी देर सोचते रहे। फिर बोले–"चाय पी लें? फिर चलते हैं।"

मैं इतना ख़ुश हो गयी थी–पूरे रास्ते चहकती रही–पता है, पहले मैं पूरे नौ दिन तक व्रत रखती थी। बिना नमक का खाती थी। सुबह सबेरे माता के दर्शनों के बाद ही चाय पीती थी। इस बार उपवास के लिए सबने मना कर दिया था तो मेरा नित्य दर्शन का नियम भी टूट गया।

जैसा कि अनुमान था, मन्दिर में भीड़ तो थी, पर रात के मुक़ाबले में कम थी। इसीलिए मैंने यह समय चुना था। इत्मीनान से पूजा हो सकी। मैं जब पण्डितजी से थाली लेकर उसमें साड़ी, चूड़ा, बिंदिया, नारियल, मिठाई, माला और पैसे रख रही थी, ये लगातार मुझे घूर रहे थे।

पूजा करके बाहर आने पर मैंने कहा, "देव दर्शन के बाद थोड़ी देर बैठने का विधान है। कहीं बैठ लें?"

मुझे सीढ़ियों पर बैठना बहुत अच्छा लगता है।

पर इस समय वह असम्भव था। भक्तों का रेला–सा चला आ रहा था। फिर मुझे याद आया–नीचे कुण्ड के पास दीवाल से लगी पत्थर की बेंचें हैं। सौभाग्य से एक ख़ाली मिल गयी। हमने वहीं आसन जमा लिया।

"सो थैंक्स गिविंग," अच्छे से सम्पन्न हो गया।

मैं चौंक पड़ी "आपने अभी कुछ कहा।"

''यही कि धन्यवाद ज्ञापन अच्छे से हो गया।''

"धन्यवाद कैसा? माँ ने कहा था शादी के बाद पहली बार जा रही हो तो मातारानी को साड़ी ज़रूर चढ़ाना। वैसे भी हमारे यहाँ भगवान के दर्शन ख़ाली हाथ नहीं किये जाते। आपके यहाँ का पता नहीं।''

''क्यों? हम क्या हब्शी हैं?''

''तो फिर ऐसा क्यों कह रहे हैं। धन्यवाद की बात आपके मन में कैसे आ गयी?''

''मुझे लगा तुमने मन्नत माँगी होगी। जिसे पूरा करने के लिए आयी हो।''

"मैंने कोई मन्नत नहीं मानी थी। यह तो एक नित्य नैमित्तिक कार्य था। पर अब जब आपने बात उठाई ही है तो आपको साक्षी रखकर एक मन्नत माँग लेती हूँ, 'माताजी जिस दिन अपने बच्चे को गोद में लेकर दर्शनों को आऊँगी, पूरे ग्यारह सौ लड्डुओं का भोग चढ़ाऊँगी।' ''

''प्लीज़! बेटे की मन्नत मत माँगना।''

''मैंने तो बेटा–बेटी, ऐसा कुछ भी नहीं कहा केवल बच्चे को लेकर आने की बात की थी–और आपको बेटे से परेशानी क्या है?''

"बेटा हो गया तो पलक और महक यही सोचेंगी कि मैंने बेटे के लिए दूसरी शादी की है।"

उनकी इस बात पर मुझे ग़ुस्सा आना चाहिए था–रुलाई आनी चाहिए थी, पर उलटे हँसी ही आ गयी।

''मान गये मि. कुमार, आपको मान गये। आपके दिमाग़ की सचमुच दाद देनी पड़ेगी। ये रोज़ नये–नये फ़ंडे आप कहाँ से ले आते हैं।''

''कैसे फंडे?" वे गुर्राये।

''मैंने यह अपेक्षा कभी नहीं की थी कि इस ख़बर को पाते ही आप ख़ुशी से झूम उठेंगे। क्योंकि जानती हूँ यह आपकी पहली सन्तान नहीं है। पर आप इतने ग़मज़दा हो जायेंगे, यह सोचा नहीं था। मुझे फुसलाने के लिए कैसे–कैसे तर्क आपको सूझ जाते हैं। पर आपको बता दूँ मि. कुमार, मैं बेवकूफ़ नहीं हूँ कि आपके बहकावे में आकर इस ईश्वरीय सौग़ात को लौटा दूँ। सो मि. कुमार! नाऊ...''

"ये क्या तबसे मिस्टर कुमार लगा रखा है?'' वे एकदम हत्थे से उखड़ गये थे।

"मैं क्या करूँ। मुझे लग रहा है जैसे मैं किसी अजनबी के साथ यहाँ बैठी हूँ। पिछले कुछ दिनों से मुझे ऐसा लग रहा है जैसे मैं किसी अनजान व्यक्ति के साथ रिलेशनशिप में हूँ। और यह फीलिंग मुझमें बड़ी गिल्ट भर देती है। मैं अपराध–बोध से ग्रस्त हो जाती हूँ मि. कुमार।"

"क्या बकवास कर रही हो?"

"सच कह रही हूँ। इन आठ दिनों में आप कितने बदल गये हैं–आपको इस बात का अहसास नहीं है जिस व्यक्ति से शादी की थी वह व्यक्ति कोई और ही था।"

शादी के बाद कई लोगों का मोहभंग हो जाता है क्योंकि सब कुछ मन जैसा नहीं हो पाता। पर मेरा मोहभंग इतनी जल्दी हो जायेगा, इसकी कल्पना नहीं की थी।

शुरुआत शायद शादी के दिन से ही हो गयी थी। मेरे घर में उस दिन उत्सव का–सा वातावरण था। जिन लोगों के लिए मैंने इतने दिन वैराग्य धारण कर लिया था, वे मेरे भाई–बहन मुझे वधू वेश में देखकर आनन्द विभोर हो रहे थे। बड़ी–बूढ़ियाँ आशीर्वादों की झड़ी लगा रही थीं। कह रही थीं, 'बिटिया। शादी में पहले ही बहुत देर हो गयी है। अब बाक़ी काम जल्दी से निबटाना, और देर मत करना।'

वहाँ से विदा होकर आयी तो यहाँ का माहौल एकदम विपरीत था। बहुत ज़्यादा धूमधाम की मैंने आशा नहीं की थी, पर यहाँ आकर ऐसा लगा जैसे अभी–अभी यहाँ से कोई अर्थी उठी हो। घर में 10–15 लोग थे, उनके चेहरे से लग रहा था जैसे मातमपुरसी पर आये हों। जिन देवीजी ने मुझे आरती उतारकर भीतर लिया, वे मानो किराये पर लायी गयी थीं। न कोई ललक, न कोई उत्सुकता–चेहरे पर मुस्कराहट तक नहीं थी। बस उन्होंने एक रस्म अदायगी–सी कर दी। जश्न का माहौल न सही, पर दरवाज़े पर एक बिजली की झालर तो लगायी जा सकती थी। मेरे स्वागत में चार सुहागिनों को लड्डू तो बाँटे जा सकते थे। किसी ने हमारा कमरा तो ठीक किया होता। मैं सजाने की बात नहीं कर रही हूँ। पर ठीक तो किया जा सकता था।

मैं साँस लेने के लिए रुकी। लगा ये अब कुछ कहेंगे। पर चुपचाप मुझे देख रहे थे।

घर में जितने लोग थे–सबने जैसे एक राय बाँध ली थी। सबने मुझे आशीर्वाद दिया–ख़ुश रहो। अष्टपुत्र सौभाग्यवती वाला आशीर्वाद

आजकल कोई नहीं देता, जानते हैं। पर नयी दुल्हन को कम–से–कम फलो–फूलो तो कह सकते थे। वे लोग कोई ऋषि–मुनि तो थे नहीं कि उनके कहते ही बच्चों की लाइन लग जाती। और आपकी परमपूज्य बुआजी–वे तो बहुत ही महान निकलीं।

''क्यों? बुआजी ने क्या किया?''

उन्होंने आशीर्वाद दिया, "जो हैं उन्हीं में ख़ुश रहो।" वे यहाँ दो महीने थीं। मैंने जब भी किसी मौक़े पर प्रणाम किया उन्होंने यही आशीर्वाद दिया। जिस दिन वे गयीं, मेरे प्रणाम करने पर उन्होंने यही आशीर्वाद दोहराया। आख़िर मैंने पूछ ही लिया–"बुआजी इसका मतलब तो समझाती जाइए।" तो बोलीं, "ये जो दोनों बच्चियाँ हैं न, अब इन्हीं से सन्तोष रखो–बस।"

उनका यह बस मेरे कलेजे में शूल की तरह गड़ गया। "मि. कुमार! माँ बनना हर औरत का अधिकार है। उसे छीनना, उसके स्त्रीत्व का अपमान करना है। मैं यह अपमान कभी सहन नहीं करूँगी। बच्चे को जन्म देना है या नहीं, यह तय करने का अधिकार सिर्फ़ मुझे है! इसमें किसी की दख़लन्दाज़ी नहीं चलेगी।

"और अब मेरा निर्णय सुन लीजिए। यह बच्चा इस दुनिया में आकर रहेगा, अगर आपके घर में उसके लिए जगह नहीं है तो मैं कहीं और चली जाऊँगी, वैसे भी मैं उसे ऐसे वातावरण में जन्म देना चाहती हूँ जहाँ उसका प्रेम से स्वागत हो। उसके जन्म पर ख़ुशियाँ मनायी जायें, बधाइयाँ गायी जायें, मिठाइयाँ बाँटी जायें। आपके घर में तो उसके आने से मातम ही होगा।

"इसके बावजूद आपको कोई असुविधा हो तो बता दीजिए। मैं बिना शर्त आपको आज़ाद कर दूँगी। बस एक विनती है। इस बार जिस केयरटेकर को आप घर में लायेंगे उसे पहले से समझा दें।"

और मैं उठकर खड़ी हो गयी।

"नाऊ द चॉइस इज़ युअर्स मि. कुमार। अपने निर्णय से मुझे शीघ्र अवगत करायें।"

और मैं पलटकर चल दी। मैंने मुड़कर देखा भी नहीं कि वे पीछे आ रहे हैं या नहीं। मेरे जीवन में अब उनकी कोई अहमियत नहीं रह गयी थी। यह शादी मैंने अपने अकेलेपन को बाँटने के लिए की थी।

पर अब मैं अकेली कहाँ थी!

घुटन

हम लोग सुबह की चाय पी रहे थे। चाय पीते हुए ये रोज़ की तरह पेपर भी पढ़ रहे थे कि अचानक इन्होंने कहा, ''शाम को गाना सुनने चलना है?'' मैं एकदम उठी, खिड़की का पर्दा हटाकर मैंने बाहर की ओर झाँका और वापस आकर अपनी जगह पर बैठ गयी।

''क्या देख रही थीं?'' इन्होंने पूछा।

'''देख रही थी कि आज सूर्यनारायण किस दिशा से उदित हुए हैं?''

''मतलब?''

''आप मुझे संगीत कार्यक्रम का निमन्त्रण दे रहे हैं, तो आश्चर्य नहीं होगा?''

''अरे, अपने शहर की गायिका है। अपनी मॉरल रिस्पांसबिलिटी बनती है।''

''कौन?''

''वैभवी प्रसाद–अब शायद पण्डित हो गयी है।''

''वो वैभवी पण्डित रतलाम की है? मुझे तो पता ही नहीं था। बहुत साल पहले हमारे यहाँ 'आरम्भ' कार्यक्रम में आयी थी, तब सुना था। हर साल चार–पाँच नवोदित कलाकारों को बुलाया जाता था। उस साल वैभवी ने बहुत इम्प्रेस किया था। सब कह रहे थे, यह लड़की बहुत आगे जायेगी और वह सच निकला। टीवी पर तो दो–तीन बार सुना है। पर सामने बैठकर सुनने में मज़ा आयेगा।''

शाम को मैं बहुत उत्साहित थी। कितने दिनों बाद ऐसे कार्यक्रम में जा रही थी, जो न शासकीय था, न पारिवारिक। विशुद्ध सांस्कृतिक कार्यक्रम था। इन्हें ऐसे कार्यक्रम में कोई रुचि नहीं थी। शादी के बाद दो–चार बार खींचकर ले गयी थी। पर पूरे वक़्त ऐसी मनहूस शक्ल बना कर बैठे रहे कि सारा आनन्द ही काफूर हो गया। तब से मैंने कहना

छोड़ ही दिया था। समान रुचि वाली सहेलियों का एक ग्रुप बना लिया था। उन्हीं के साथ चली जाती, पर रात के कार्यक्रमों में परेशानी होती। वे सब अपने–अपने पतियों के साथ आती थीं। मेरा भी स्वागत था, पर मुझे ही संकोच हो आता था।

फिर बच्चे ज़रा बड़े हुए तो उन्हें साथ लेकर जाने लगी। सोचा, इन्हें भी ज़रा साहित्य, संगीत के संस्कार दे दूँ। पर नकुल अपने बाप का बेटा था। जल्दी ही छिटक गया। पर निधि मेरे साथ आती रही। बाद में तो यह हुआ कि वह ख़ुद मेरे लिए जानकारी जुटाकर लाती थी कि कहाँ एग्ज़ीबिशन लगी है? रवीन्द्र भवन में कौन–सा नाटक है। अभिनव कला समाज में किसका गायन है, रंग शिविर में किसका नृत्य हो रहा है? कई बार ख़ुद ही टिकिट भी ले आती।

इन्हें घर छोड़कर जाते हुए थोड़ा अपराधबोध–सा होता। पर वह कहती, "डोंट वरी मम्मी! ही इज़ एनजॉइंग हिज मैच ऑन टीवी।" पिछले वर्ष निधि भी यू.एस.ए. चली गयी है। उसके बिना कभी–कभी बहुत अकेला–सा लगता है।

जैसी कि आशा थी–कार्यक्रम बहुत अच्छा हुआ। कार्यक्रम समाप्त होते ही कई लोग स्टेज पर बधाई देने पहुँच गये। मैंने धीरे–से पूछा, ''हम भी चलें?''

''नो'' इनका यह 'नो' हमेशा की तरह कठोर और निर्णायक था। हॉल में इतने सारे लोग थे। उनके सामने बहस करना मुझे ठीक नहीं लगा। पार्किंग की तरफ़ जाते हुए मैंने कहा, ''आपके शहर की कलाकार थी। आप मिलते तो उसे अच्छा लगता।''

''मुझे अच्छा नहीं लगता।'' उन्होंने रूखे स्वर में कहा।

बात वहीं ख़त्म हो गयी।

घर आकर पता चला नकुल खाना खाकर दोस्तों के साथ निकल गया है। हम दोनों खाने बैठे। हमेशा की तरह मैं अनवरत बोले चली जा रही थी–कार्यक्रम की समीक्षा कर रही थी। और ये मौनी बाबा बने चुपचाप खाना खा रहे थे।

आख़िर मुझसे रहा नहीं गया। मैंने कहा, ''वैभवी को सचमुच दाद देनी पड़ेगी।'' ये कुछ नहीं बोले, केवल प्रश्नार्थक नज़रों से मेरी ओर देखा।

''वैभवी ने हमारे औरंगज़ेब को ऐसा मन्त्रमुग्ध कर दिया है कि अपनी स्वर–समाधि से वे निकल ही नहीं पा रहे हैं।''

"ज़रा सिम्पल हिन्दी बोला करो यार 'कनफ़्यूज़' कर देती हो।"

"चलो झल्लाकर ही सही, कुछ बोले तो। आपकी चुप्पी से खाना बेमज़ा हुआ जा रहा था।"

बिस्तर पर लेटने के बाद मैंने पूरा कार्यक्रम मन–ही–मन दोहरा डाला। ये मेरी पुरानी आदत है। जो कुछ देख–सुनकर आती हूँ, देर तक उसकी जुगाली करती रहती हूँ। आज का कार्यक्रम भी मेरे मानस पटल पर ज्यों का त्यों रेखांकित था। पहले श्याम कल्याण, फिर मधुकौंस–अन्त में एक निर्गुणभजन। भजन की धुन तो मेरे मन में चक्कर काट रही थी, पर शब्द पकड़ाई में नहीं आ रहे थे। नया भजन था। कबीर के निर्गुण तो मुझे रट गये हैं। पर शायद रैदास या धरमदास का था।

मैंने इनकी ओर देखा–ये जाग रहे थे।

"सुनिए, आपको वह आख़िरी वाला भज़न याद आ रहा है। मुझे धुन तो आ गयी है, पर शब्द पकड़ में नहीं आ रहे हैं।"

"एक तरफ़ तो मुझे औरंगज़ेब कहती हो और फिर गाने के बारे में पूछती हो।"

"सॉ...री", मैंने कानों को हाथ लगाकर एक लम्बा–सा सॉरी बोल दिया।

"इट्स ओके, पर तुम्हें तो मालूम है मुझे गाने–वाने याद नहीं होते, आय एम टोटली डम्ब दैट वे।"

"मुझे लगा इतने प्रेम से अपने शहर की गायिका को सुनने गये थे तो ध्यान से ही सुना होगा।"

"सच बताऊँ? आय वैंट ड़ेयर आउट ऑफ़ क्यूरियोसिटी।"

"मतलब?"

"वैभवी का रिश्ता मेरे लिए आया था।"

"क्या... " मैं तो एकदम उठकर ही बैठ गयी। "और आपने मना कर दिया?"

"मैं ही क्यों? पापा, मम्मी, दीदी–किसी को भी ये रिश्ता पसन्द नहीं आया। पापा तो शुरू से ख़िलाफ़ थे। बहुत नाराज़ थे। बोले, कोई भी मुँह उठाकर चला आता है। अरे, भाई पहले अपनी औक़ात तो देखो। किसी ने पता दे दिया और चले आये।"

"फिर?"

मम्मी ज़रा फ़ेवर में थीं। बोलीं, "ग़रीब घर की बहुएँ ज़रा दबकर रहती

हैं। एक बार देखने में क्या हर्ज़ है? पापा तो देखने भी नहीं गये। दीदी उन दिनों आयी हुई थीं। उन्हें साथ लेकर मैं और मम्मी चले गये। जाते समय पापा ने मुझे एक तरफ़ बुलाकर कहा, देखो, लड़की अगर एक्स्ट्रा ऑर्डिनरी हो तो ही हाँ करना।"

"फिर?"

"एक्स्ट्रा तो क्या वह आर्डिनरी से भी गयी बीती लग रही थी। एकदम प्लेन, साधारण। हम तीनों ने उसे पहली फुरसत में ही रिजेक्ट कर दिया था।"

मध्यमवर्गीय परिवार की कन्या थी–साधारण तो होगी ही। इन लोगों के पास सौन्दर्य के साधन–प्रसाधन तो होते नहीं हैं। एक पाउडर का ड्रम लाकर दे दिया जाता है। एक काजल की डिबिया और एक बिन्दी का पैकेट–ये होती है इनकी मेकअप किट। और वॉर्डरोब भी चार–छह कपड़ों में सिमट जाता है। एकाध भारी साड़ी शादियों में पहनने के लिए। दो–चार सूट आने–जाने के लिए–मैं जैसे वैभवी के बहाने अपना ही अनुभव दोहरा रही थी।

"आज वैसे ठीक–ठाक लग रही थी।"

"लगेगी नहीं। अब तो, हफ़्ते में तीन बार पार्लर जाने की हैसियत रखती है वो। सबसे बड़ी बात है सफलता। सफलता का तेज़ उसकी मुद्रा पर झलक रहा था। आत्मविश्वास की आभा से उसका चेहरा दमक रहा था।"

"हाँ, लेकिन उस दिन उसे देखकर बहुत निराशा हुई थी। मैं तो चाय पीते समय भी बहुत गिल्टी फ़ील कर रहा था। पर दीदी ऐसी दबंग कि उससे गाना भी सुन लिया।"

"गाना?"

मैं तो एकदम आवेश में आ गयी–"जिस लड़की को आपने पहली नज़र में ही रिजेक्ट कर दिया था उससे आपने गाना सुना?"

"दीदी की फ़रमाइश थी। उन दिनों वैभवी का बड़ा नाम हो रहा था। कॉलेज के प्रोग्रामों में, गणेशोत्सव और शारदोत्सव के कार्यक्रमों में वह ख़ूब इनाम बटोर रही थी, तो दीदी बोलीं–अब आये हैं तो एकाध गाना तो सुन लें।"

"वाह! कोई फ़रमाइशी प्रोग्राम था वो? हाउ कैन यू बी सो इनह्यूमन?" मुझे सचमुच बहुत गुस्सा आ रहा था।

''इतना एक्साइटेड क्यों हो रही हो भाई? दीदी से ज़्यादा तो उसके पिताजी का आग्रह था। वे बेटी के प्लस पॉइंट को हाईलाइट करना चाह रहे थे।''

''बेचारे? बेटी वाले बेचारे यही तो करते हैं।'' मैंने उत्साह भरकर कहा, ''आपको तो बड़ा गर्व हो रहा होगा न?''

''किस बात का?''

''इतनी बड़ी गायिका का रिश्ता आपके लिए आया था।''

''इसमें गर्व करने जैसा क्या है? उस समय तो वह इतनी बड़ी गायिका नहीं थी।''

''पछतावा तो नहीं हो रहा कि इतनी गुणी कलाकार को रिजेक्ट कर दिया?''

''पछतावा सिर्फ़ एक रिश्ते के लिए होता है?''

''कौन–से?''

''दिव्याकुमारी''

''वो एम.एल.ए.?''

''हाँ, पर उस समय वो एम.एल.ए. नहीं थी, उनके पिता थे। पापा के दोस्त थे और दोस्ती को रिश्ते में बदलना चाहते थे। पापा भी उत्सुक थे क्योंकि ऐसी रिश्तेदारी बड़ी काम की होती है।''

''सब तैयार थे। फिर रिश्ता क्यों नहीं हुआ?''

''मम्मी तैयार नहीं थीं। बोलीं–नेताजी की बेटी है। यहाँ आकर भी नेतागिरी करेगी। सबको नाकों चने चबवा देगी।''

वैभवी बेचारी ग़रीब थी, पर शक्ल–सूरत अच्छी नहीं थी। ये दिव्याकुमारी जी सुन्दर थीं, पर दबंग फैमिली से थीं। मेरा चुनाव शायद इसीलिए किया गया। साधारण परिवार से हूँ और देखने में भी ठीक–ठाक ही हूँ।

"पता है, तुम्हें देखने के लिए मैं उस दिन सर पर कफ़न बाँधकर निकला था। कह दिया था कि आज वाली अगर कानी–कुबड़ी, लँगड़ी–लूली भी होगी तो मैं हाँ करके आऊँगा। मम्मी तो बेचारी टेंशन में आ गयी थीं।''

''पर आपने ऐसा अल्टीमेटम क्यों दे डाला?''

''अरे, लड़कियाँ देख–देखकर बोर हो गया था मैं। किसी भी रिश्ते पर सबकी सहमति हो नहीं पा रही थी। तुम्हारे समय पापा ने वीटो अपने हाथ में ले लिया। मम्मी की कुछ नहीं चली। दरअसल पापा तुम्हारे लिटरेचर के गोल्ड मेडल पर फ़िदा हो गये थे।''

''उस गोल्ड मेडल का बाद में क्या बना? कुछ नहीं।''

''ऐसा क्यों कहती हो? क्या विद्या की सार्थकता नौकरी करने में ही है? उसकी अपनी कोई अहमियत नहीं है? मेरी माँ को देखो–उस ज़माने की बी.ए. हैं, पर कभी नौकरी के लिए हठ नहीं किया। सिर्फ़ गृहस्थी की और क्या ख़ूब की।''

मेरी माँ, यह जुमला ऐसा है कि फिर बहस की कोई गुंजाइश नहीं रह पाती। माँ इनके लिए हर बात का 'मानक' हैं। चाहे फिर वह खाना बनाना हो, बच्चों की परवरिश हो, घर की सजावट हो, पार्टी का इन्तज़ाम हो, मेहमानों की ख़ातिरदारी हो या नौकरों से व्यवहार हो–मम्मी इज़ अल्टीमेट। मुझे भी हमेशा इसी कसौटी पर कसा गया और दस में से पाँच बार मैं फेल ही हुई हूँ। वो तो अच्छा है पोस्टिंग के बहाने घर से दूर–दूर ही रहना पड़ा है। नहीं तो अपना आत्मविश्वास मैं खोती जा रही थी।

''मम्मी की ज़िद के कारण ही इन्हें पच्चीस–तीस लड़कियाँ देखनी पड़ीं। उनका बस चलता तो इतनी ही और देखी जातीं। वो तो अच्छा हुआ पापा ने वीटो पावर ले लिया।''

ये कह रहे थे–मेरा गोल्ड मेडल मेरा सबसे बड़ा प्लस पॉइंट था। पापा उस पर मुग्ध थे। शादी के बाद शुरू–शुरू में उसका ख़ूब प्रदर्शन होता। फिर स्वभावतः लोग पूछते–''कहाँ जॉब कर रही है?'' पापाजी एकदम भड़क जाते–''उसे जॉब करने की क्या ज़रूरत है? वह कहेगी तो मैं उसके लिए कॉलेज बनवा दूँगा।''

मैं समझ गयी कि अब अपने को घर में ही रहना है। सोचा बैठे–बैठे पीएच.डी. कर ली जाये। विषय तय कर लिया। गाइड भी ढूँढ़ लिया। उसी समय निधि की आहट मिली। ब्रेक लग गया। चार साल में दो बच्चे हो गये। सारी तैयारी धरी की धरी रह गयी।

मेरे शेक्सपियर, हार्डी, डिकेन्स, स्कॉट, वर्ड्सवर्थ, शेली, कीट्स, ब्राउनिंग–अलमारी में बन्द पड़े हैं। अब तो उनकी ओर झाँकने का भी मन नहीं होता। मेरा एक और सामान पुराने घर के स्टोररूम में बन्द पड़ा है। शादी से पहले एक और शौक़ चर्राया था–पेंटिंग का। शाम के समय एक आर्ट स्कूल जॉइन कर लिया था। फ़ाइन आर्ट्स में डिप्लोमा भी ले लिया था। शादी के समय मेरे सामान के साथ वह बड़ा सन्दूक भी आया था जिसमें मेरी पेंटिंग्स थीं। उनमें से कई प्रशंसित थीं, पुरस्कृत भी थीं। ट्रक से उतारकर वह सन्दूक स्टोररूम में रखवा दिया गया। किसी ने खोलकर

देखने की ज़हमत भी नहीं उठायी। शादी के दो–तीन महीने बाद मैं अपनी एक चर्चित पेंटिंग उठा लायी थी। शीर्षक था–सुबह ज़रूर आयेगी। एक बड़ी–सी काली सुरंग थी, जो क्रमशः सँकरी होती चली गयी थी। उसके अन्तिम छोर पर एक उगते हुए सूरज का चित्र था।

मैंने बड़े शौक़ से यह अपने बेडरूम में लगायी थी। दो–तीन दिन तो इन्होंने सब्र किया। फिर बोले, ''ये पेंटिंग यहाँ से हटाओ भाई–बड़ी डिप्रेसिंग है?''

''डिप्रेसिंग कैसे?'' मैंने कहा–''ये तो आशा का प्रतीक है। हर रात के बाद सुबह ज़रूर आती है। वह गाना सुना होगा न आपने–'ग़म की अँधेरी रात में, दिल को न बेकरार कर, सुबह ज़रूर आयेगी, सुबह का इन्तज़ार कर' इस गीत से ही प्रेरणा ली है।''

''पर यहाँ तो सिर्फ़ ग़म की अँधेरी रात ही नज़र आ रही है। सिर्फ़ डिप्रेशन।''

उसके बाद मैंने सन्दूक खोलने की कभी हिम्मत नहीं की। मेरी चित्रकला का उपयोग दीपावली पर घर भर में अल्पना देने भर में होता रहा बाद में मैं ख़ुद ही ऊब गयी। हाँ, बच्चों के प्रोजेक्ट्स बनाने में मेरी ड्रॉइंग बहुत काम आयी। मेरी डिग्री बच्चों का होमवर्क करवाने में मददगार साबित हुई। पर अब तो बच्चे उस उम्र को पार कर गये हैं। मैं एकदम खाली हो गयी हूँ। कभी–कभी एक रीतेपन के अहसास से मन भर जाता है। मैं अवसाद से घिर जाती हूँ। पर किसी से कह नहीं पाती क्योंकि कोई इस बात को समझ नहीं पाता। मेरी अपनी माँ भी तो मुझे समझ नहीं पायी। कहती हैं–''भरा–पूरा घर है। ओहदेदार पति है। प्यारे बच्चे हैं। तुम्हें और क्या चाहिए? सुख का आनन्द लेना सीखो।''

''कैसे, ये कोई बतायेगा?''

''वैभवी''–मैंने मन–ही–मन उससे कहा, ''अच्छा हुआ जो तुम इन असुरों के–मेरा मतलब है बेसुरों के घर में नहीं आयीं। नहीं तो गाना क्या, गुनगुनाना भी भूल जातीं। तुम्हारे तमग़ों की ख़ूब नुमाइश होती। तुम्हारी ट्रॉफियाँ अलमारी में सजाई जातीं। तुम्हारे सर्टिफ़िकेट्स फ्रेम में जड़ दिये जाते। पर तुम्हारे स्वर कण्ठ में ही घुटकर रह जाते। वैसे ही–जैसे मेरे रंग बेरंग हो गये हैं, जैसे मेरे शब्द निःशब्द हो गये हैं।''

इसी बहाने

''अरे, तुम अभी तक तैयार नहीं हुईं?'' इन्होंने रसोई में झाँककर पूछा।

''बच्चों के लिए कुछ बना तो दूँ, वहाँ से लौटते–लौटते आठ–साढ़े आठ हो जाता है। गनीमत है बच्चे हाथ से लेकर खा तो लेते हैं। हमारे साथ उन लोगों की भी परेड हो रही है। वहाँ से लौटकर मुझे इतना डिप्रेशन हो जाता है कि मैं बच्चों से हँसना–बोलना भी भूल गयी हूँ।''

''मुझे भी वहाँ रोज़–रोज़ जाने का शौक़ नहीं है, पर देखती तो हो–भाभी और बच्चे कितनी आतुरता से हमारी प्रतीक्षा करते हैं। हम लोगों के जाने से उन्हें कितनी राहत मिलती है।''

''सो तो है।'' मैंने कहा और तैयार होने चली गयी। तैयार क्या होना था। दिनभर की मुसी हुई साड़ी भर बदलनी थी, नहीं तो मौत के घर में कुछ भी पहनकर जाने से चलता है। उस वातावरण में कपड़ों की ओर कौन देखता है। कहीं भी ग़मी में जाना हो तो मेरे मन में एक हौल–सा बैठ जाता है और मरने वाला जब बहुत क़रीबी हो तो असमंजस बढ़ जाता है। न घर में रहते बनता है, न जाने के लिए पाँव उठते हैं।

हरीश भाईसाहब कहने को इनके दोस्त थे, पर दोनों में भाइयों–सा प्रगाढ़ स्नेह था। इतने दिनों में ममता से भी मेरा बहनापा हो गया था, इसलिए रोज़ जाना ज़रूरी हो गया था। रास्ते में हमने सब्ज़ी ख़रीदी, दूध और ब्रेड के पैकेट्स ख़रीदे, ज़ुकाम, खाँसी और पेटदर्द की दवाइयाँ ख़रीदीं। घर चाहे मृत्यु का हो, पर चाय–पानी, खाना–पीना तो होता ही है। उसी के साथ छोटी–मोटी शिकायतें भी चली आती हैं।

वह हार्ट–अटैक एक आँधी की तरह आया और घर की छत उड़ा ले गया था। घर का एकमात्र कमाऊ सदस्य चला गया था। तीन दिन तक घर में बीसियों मेहमान रहे, पर किसी ने यह जानने की कोशिश नहीं

की कि इतने लोगों का राशन–पानी कहाँ से आ रहा है। दूध कौन ला रहा है? सब्ज़ी कौन ला रहा है? सब लोग दिनभर बैठकर सिर्फ़ गपशप करते रहे। महिला मण्डल ममता के पास बैठकर बिसूरता रहा। ऑफ़िस कैंटीन के एक व्यक्ति को ये बहला–फुसलाकर ले आये थे। वही रसोईघर सँभाल रहा था।

हम लोग पहुँचे तो घर में एकदम सन्नाटा था। हॉल में ममता और उसके देवर–देवरानी भर थे। बच्चे शायद कोचिंग गये हुए थे। पढ़ाई का कितने दिन नुक़सान करते। इन्होंने ही ज़ोर देकर कहा था, "बच्चों को अपना काम करने दो। इसी बहाने इस वातावरण से थोड़ी राहत पायेंगे।"

तीसरे के बाद अधिकांश मेहमान चले गये थे, पर हरीश भैया की बहनें रुकने वाली थीं। इसलिए मैंने छूटते ही कहा, "दीदी लोग भी चली गयीं क्या? वे तो तेरहवीं तक रुकने वाली थीं।"

"दीदी लोग यहीं एयरपोर्ट के पास सन सिटी तक गयी हैं।" ममता की देवरानी अनुराधा ने बताया।

"क्यों?"

"बड़ी दीदी के आकाश के लिए एक रिश्ता आया था तो दीदी बोलीं, अब आये ही हैं तो लड़की देख लेते हैं।"

"लेकिन इस समय..."

"दीदी लोग तो फ्री हो गयी हैं न।"

"मतलब?"

"बहन–बेटी का सूतक सिर्फ़ तीन दिन का होता है और जीजाजी लोगों का तो सिर्फ़ डेढ़ दिन का।"

मुझे इन शास्त्रीय नियमों की जानकारी नहीं थी। बस उन लोगों का वहाँ जाना अच्छा नहीं लगा। इसलिए मैंने कहा, "सूतक नहीं है तो क्या हुआ। तेरहवीं तक तो रुक रही हैं न, बाद में चली जातीं।"

"पर जीजाजी तो नहीं रुकेंगे न। आदमी लोग कामधन्धा छोड़कर कितने दिन रुक सकते हैं। जीजाजी कल ही बेंगलुरु चले जायेंगे। इन्दौर वाले जीजाजी भी कल चले जायेंगे। वे कार लेकर आये हैं, [illegible]टी दीदी बोलीं कि लड़कीवालों के यहाँ ताँगा–रिक्शे में जाना अच्[illegible] नहीं लगता, कार में जाने में रौब पड़ता है।"

इसके बाद मैं कुछ नहीं बोली। एकाध बार ममता की ओर ज़रूर देख लिया था। वह रोज़ की तरह निस्पन्द चुपचाप बैठी थी। उस बेचारी की तो दुनिया ही उजड़ गयी थी। पहाड़–सी ज़िन्दगी और बच्चों का भविष्य उसके सामने था। उसे इस सन सिटी वाले रिश्ते में क्या दिलचस्पी होती। कोई दो घण्टे बैठने के बाद हम लोग उठे। दरवाज़े पर ही उन लोगों से मुलाक़ात हो गयी।

"यह क्या? हम लोग आये और तुम लोग चल दिये।" छोटी दीदी बोलीं।

"हम लोग काफ़ी देर से आये हुए थे।" मैंने रुखाई से कहा।

"हाँ, हम लोगों को थोड़ी देर हो गयी।" बड़ी दीदी बोलीं, "एक तो वह जगह काफ़ी दूर है और उन लोगों ने जल्दी उठने ही नहीं दिया। इतनी आवभगत की कि क्या बतायें।"

"ये तो पूछ लो कि गये कहाँ थे?" छोटी दीदी का उत्साह जैसे छलक पड़ रहा था। वह सब कुछ बताने के लिए उतावली हो रही थीं। बस चाहती थीं कि हम एक बार पूछ तो लें। मैंने दुष्टता से उनके उत्साह पर पानी फेर दिया।

"अनुराधा ने बताया था।" मैंने सपाट स्वर में कहा।

"जब पता है देवी तो यह तो पूछ लो कि लड़की कैसी है?" छोटी दीदी ने ताना दिया।

"कैसी है?"

"एकदम ब्यूटी क्वीन है। दीदी के पूरे ख़ानदान में इतनी सुन्दर बहू अब तक नहीं आयी है। मैंने तो कहा था, लगे हाथ शगुन भी कर डालो।"

"ऐसे कैसे शगुन कर दें, एक बार आकाश लड़की देख तो ले।" बड़ी दीदी बोलीं।

"वो देखते ही हाँ कर देगा, शर्त ले लो।" छोटी दीदी के उत्साह का अन्त नहीं था।

लौटते समय मैंने इनसे कहा, "छोटे भाई की असमय मृत्यु के शोक से दोनों बहनें इतनी जल्दी उबर जायेंगी, यह नहीं सोचा था।"

"दे आर वेरी प्रैक्टिकल", इन्होंने कहा।

"इसे प्रैक्टिकल होना नहीं–असंवेदनशील होना कहते हैं। बेंगलुरु कोई अमेरिका है कि आप दोबारा नहीं आ सकते। हर काम का एक समय होता है।"

''एक बात कहूँ।'' ये बोले, ''लड़की पता नहीं कैसी है, पर लगता है पार्टी बहुत तगड़ी है। बँगले का, गाड़ियों का, स्वागत–सत्कार का वर्णन सुना था न। सब तामझाम देखकर इन लोगों के मुँह में पानी आ गया होगा। ऐसी मोटी मछली कोई छोड़ता है भला?''

तर्क शायद इनका ठीक ही था, पर मुझे अच्छा नहीं लगा। मन बड़ा ख़राब हो गया। फिर तेरहवीं भी आ पहुँची। घर में फिर से भीड़भाड़ हो गयी। दोनों पक्षों के रिश्तेदारों से घर भर गया। उस दिन मैं मेहमानों के हुजूम में परिचित चेहरे तलाशने की कोशिश कर रही थी कि एक सुदर्शन नौजवान ने आकर मेरे पैर छू लिए।

''ख़ुश रहो बेटा। पर मैं तुम्हें पहचान नहीं पायी।''

''अरे, ये आकाश है'' बड़ी दीदी ने बताया। फिर फुसफुसाकर बोलीं, ''मैंने इसे बुला लिया था। इसी बहाने लड़की भी देख लेगा।''

''हाँ, इससे अच्छा बहाना और क्या हो सकता है?''

''वही तो'' दीदी ने मेरे व्यंग्य की धज्जियाँ उड़ाते हुए कहा, ''ममता भी ख़ुश हो जायेगी कि मामा का लाड़ला तेरहवीं पर आ गया है।'' ममता के पास ख़ुश होने के लिए और कुछ बचा ही नहीं है–सिवा इसके।

पन्द्रहवें दिन भजन सन्ध्या का आयोजन था। मैंने राहत की साँस लेते हुए कहा, ''बस, इसके बाद रोज़–रोज़ जाने की ज़रूरत नहीं होगी न?''

''मुझे तो जाना पड़ेगा। भाभी की पेंशन का काम करवाना है। अनुकम्पा नियुक्ति की अर्ज़ी लगवानी है।''

''उसके भाई–भाभी लिवाने के लिए आये हुए हैं। मैंने कहा था महीना–पन्द्रह दिन के लिए हो आये। बच्चों को मैं देख लूँगी।''

''भाई के पास कभी भी जा सकती हैं पर ये दो काम ज़्यादा ज़रूरी हैं। आज भी ज़रा जल्दी ही चलेंगे हम लोग। व्यवस्था हम ही को देखनी है।''

शाम को पहुँची तो अनुराधा कहीं दिखाई नहीं दी। ''ननद–भौजाई पार्लर गयी हैं'' ममता की भाभी ने बताया। ये मात्र ख़बर नहीं थी। उसमें व्यंग्य का पुट भी था। बेचारी अनुराधा पन्द्रह दिन बाद घर से निकली थी, तो उस क्षण को सार्थक कर रही थी। भजन सन्ध्या के लिए एक मण्डली बुलाई गयी थी। एक घण्टा गाने के बाद उन्होंने एक ब्रेक ले लिया। बोले, ''आप लोगों में से कोई गाना चाहे तो स्वागत है।'' एक कन्या ने बड़ी

ना–नुकुर के बाद गाना शुरू किया। छोटी दीदी ने कान में फुसफुसाकर कहा, ''इसे ध्यान से सुनना और फिर किचन में आ जाना। कॉफ़ी बनानी है।'' लड़की ठीक ही गा रही थी। पता नहीं क्यों अक्सर लड़कियाँ, ''मैंने राम रतन धन पायो'' ही गाती हैं। फिर अनजाने ही मन लता मंगेशकर से तुलना करने लगता है और उस तुलना में वे कमतर ठहरती हैं।

''कैसी लगी?'' मेरे किचन में जाते ही दोनों बहनों ने पूछा।

''ठीक ही थी। वैसे आवाज़ ख़ास नहीं है, पर गाना ठीक–ठाक गा रही थी।''

''पागल!'' छोटी दीदी चहकीं, ''तुमसे गाने की समीक्षा करने के लिए किसने कहा था। लड़की कैसी लगी?''

अब मेरी ट्यूब जली, ''क्या ये वही लड़की है?''

''हाँ!'' बड़ी दीदी ने कहा, ''मैंने उन लोगों को भी निमन्त्रण दे दिया था। सोचा, इसी बहाने सब लोग लड़की देख लेंगे। औरों का तो ठीक है, पर ममता अभी कहीं बाहर नहीं जा सकती न।'' (जैसे ममता आकाश की दुल्हन देखने के लिए मरी जा रही हो।)

मैंने कहा, ''दीदी! आप तो जीजाजी को बुला लो और लगे हाथ सगाई भी निपटा लो। मेहमान सब आ ही गये हैं।''

''इन मेहमानों का मैं क्या करूँ? मेरे ससुराल वाले भी तो होने चाहिए।''

''तो उन्हें भी बुला लो न!''

''नहीं रे, अभी सवा महीने तक इस घर में कोई शुभ कार्य नहीं हो सकता। सगाई अब अपने घर जाकर ही करूँगी। इसी बहाने लड़की वाले भी मेरा घर देख लेंगे। और तुम लोगों को भी ज़रूर आना है–सगाई में न सही, पर शादी में ज़रूर आना।''

मेरा मन हुआ कि कहूँ, ''दीदी, शुभकार्य का निमन्त्रण अभी इस घर में क्यों दे रही हो। फिर सोचा कि दीदी तो शुभाशुभ की कल्पना को कब से पार कर चुकी हैं।''

जननी

सुचित्रा की सोलहवीं सालगिरह का जश्न चल रहा था। हॉल उसकी सहेलियों से भर गया था। गीतों की स्वर लहरियाँ और खिलखिलाहट छन–छनकर मुझ तक पहुँच रही थी। गीतों के स्वर और शब्द–दोनों ही अपरिचित थे। पर हँसी की भाषा तो सब जगह एक–सी होती है। वही मन को बाँध रही थी। उस आनन्दोत्सव में शामिल होने का मन हो रहा था। पर संकोच के मारे कमरे में बैठी हुई थी। बच्चों के बीच यूँ औचक पहुँच जाना, पता नहीं, यहाँ की संस्कृति में जायज़ है कि नहीं। मेरी 'देसी' हरकत से माँ–बेटी कहीं शर्मसार न हो जायें, यही सोचकर कमरे में बैठी रही।

तभी बहू विनीता कमरे में आयी और बोली–"मम्मी जी! बाहर चलिए न! केक कट रहा है।"

मैं तो इस बुलावे की प्रतीक्षा ही कर रही थी। तुरन्त उठी, अलमारी में रखा बटुआ निकाला–उसमें रखी मखमल की डिबिया लेकर बाहर आ गयी। ये तोहफ़ा इसी दिन के लिए सहेज कर रखा था।

मेरे बाहर पहुँचते ही तालियों की गड़गड़ाहट के साथ केक काटा गया। सब लोगों ने मिलकर हैप्पी बर्थ डे टू यू गाया और फिर एक–दूसरे को केक खिलाने का सिलसिला शुरू हो गया।

"स्वीटी, दादी को प्रणाम करो" विनीता ने कहा तो सुचित्रा दौड़कर मेरे पास आयी और झुककर मेरे पैर छू लिए। मैंने उसका माथा चूमकर आशीर्वाद दिया और वह मखमली डिबिया उसे पकड़ा दी।

"ओह! हाउ क्यूट!" डिबिया खोलते ही वह किलक पड़ी और वह बुन्दे उसने सबको दिखाये। उसकी सहेलियाँ पास में सिमट आयीं और वह उपहार देखने लगीं। उसने परिचय करवाया–'माय ग्रैंड मदर।' सबने हँसकर, पलकें झपकाकर मेरा अभिवादन किया।

तभी एक कन्या ने आकर मेरे पैर छू लिये और शुद्ध हिन्दी में कहा–''दादी! प्रणाम!''

''इंडियन हो?'' मैंने उसकी ठोड़ी छूकर पूछा। क्योंकि केशविन्यास और वेशभूषा उसकी एक–सी ही लग रही थी।

"जी! मैं अमृता–अमृता श्री–वा–स्तव।" श्रीवास्तव कहते हुए उसे थोड़ी मशक़्क़त करनी पड़ी। मुझे हँसी आ गयी तो वह भी हँस दी। हँसते हुए उसके गालों में गड्ढे पड़ रहे थे।

मैंने कहा, ''अमृता ही काफ़ी है। बड़ा प्यारा नाम है। और तुम्हारे ये डिम्पल भी बहुत प्यारे हैं।''

वह शरमा गयी। उसकी वह हँसी, वह डिम्पल्स, वह शरमाना–मन में कुछ कौंध–सा गया। पूछना चाहती थी कि इंडिया में कहाँ रहती हो? पर मौक़ा ही नहीं मिला। उसी समय किसी गेम का ऐलान हुआ और वह दौड़कर सहेलियों में जा मिली।

उसका चेहरा रातभर मुझे हॉन्ट करता रहा। शायद वह एकमात्र भारतीय चेहरा था इसलिए–या कि बहुत सुन्दर था इसलिए–पता नहीं। सुबह–सुबह मुझे इलहाम हुआ।

"विनीता", चाय पीते हुए मैंने कहा, ''स्वीटी की उस भारतीय सहेली को देखकर मुझे रातभर नींद नहीं आयी। वह चेहरा बेहद जाना–पहचाना सा लग रहा था। सुबह याद आया कि वह मेरी एक सहेली के चेहरे से मिलता–जुलता है। ज़रूर यह उसकी बेटी होगी।"

विनीता हँसने लगी–''मम्मीजी। उसकी माँ आपकी सहेली कैसे हो सकती है। वह तो मेरी हमउम्र है। हाँ उसकी दादी–नानी आपकी सहेलियाँ हो सकती हैं।''

मैं बुरी तरह से झेंप गयी, बुढ़ापे में ऐसा ही होता है न। मन बार–बार पीछे की ओर ही दौड़ता है। वही–वही बातें याद आती रहती हैं पर बात आयी–गयी हो गयी।

दस–बारह दिन बाद की बात है।

मैं अपने कमरे में बैठी हुई थी कि विनीता चहकती हुई कमरे में दाख़िल हुई–''मम्मीजी! आपसे मिलने कौन आया है देखिए। अमृता की मम्मी और आपको इम्प्रेस करने के लिए देखिए कैसी ट्रेडिशनल बहू बनकर आयी है।''

उसकी बात पूरी होने से पहले ही मैंने उसे देखा और धक् से रह गयी। उस दिन बिटिया में तो बस झलक देखी थी। यह तो साक्षात् रेणुका मेरे सामने खड़ी थी।

मैं अपने अचरज से उबरती तब तक वह मेरे पैरों में झुक गयी थी। मैंने उसे उठाया और अपने पास पलँग पर बिठा लिया। लाल चौड़े पाड की कलकत्ता साड़ी, बड़ा–सा जूड़ा, जूड़े में चाँदी का वेणी फूल, माथे पर बड़ी–सी बिन्दी और हाथ भर चूड़ियाँ।

"बड़ी सुन्दर लग रही हो। बेटा नाम क्या है तुम्हारा?"

"आशा–आशापूर्णा।"

"वाह! बड़ा प्यारा नाम है। आशापूर्णाजी को पढ़ा है कभी?"

"मम्मी पढ़ती थीं। इसलिए यह नाम दिया है। एक और कारण है, बारह साल बाद ही सही–मेरे रूप में मम्मी की आशा पूर्ण जो हुई थी।"

मैं कुछ पूछती इससे पहले ही उसने कहा, "मुझे तो पता ही नहीं था कि आप आयी हुई हैं। उस दिन अमृता ने बताया। बहुत एक्साइटेड थी। दादी उसका वीक पॉइंट हैं। अपनी दादी से बहुत अटैच्ड है।"

"वे लोग आते–जाते रहते होंगे।"

"बस एक बार आये थे। इतना लम्बा सफ़र अब उन लोगों से होता नहीं है।"

"सफ़र तो वाक़ई बहुत लम्बा है। आदमी पस्त हो जाता है। जब भी आयी हूँ, बहुत हिम्मत जुटाकर आयी हूँ, पर अब लगता है यही आख़िरी ट्रिप होगी। इन लोगों से कह दिया है–जब भी मिलने का मन हो तुम लोग ही आ जाया करो। यह सफ़र अब मेरे बस का नहीं है।"

"इसीलिए तो साल–डेढ़ साल में हमीं लोग एक चक्कर लगा लेते हैं।"

"ससुराल कहाँ है तुम्हारी?"

"बरेली–उत्तर प्रदेश।"

"और पीहर?"

"जमशेदपुर–बिहार। अब तो झारखण्ड हो गया है।"

"तुम्हारी माँ का नाम क्या है?"

वह चौंकी पर जवाब दे दिया–"जी–प्रेमलता।"

"और ननिहाल कहाँ है तुम्हारी?"

''जी बरौनी उत्तर प्रदेश।'' उसने जवाब देते हुए विनीता की ओर देखा, मैंने देखा, विनीता अजीब निगाहों से मुझे घूर रही थी। फिर सहज भाव से बोली, ''आशा, बुरा मत मानना। तुम्हारी बिटिया में मम्मी जी को अपनी एक सहेली की झलक दिखाई दी। इसीलिए इतने सवाल पूछ रही हैं। मम्मी जी कहती हैं कि दुनिया में एक साथ सात चेहरे एक जैसे होते हैं।''

''जानती हूँ रे। पर आदत का क्या करूँ। कोई भी भारतीय चेहरा दिखाई देता है तो मैं रिश्ते तलाशना शुरू कर देती हूँ। आशा बिटिया–तुम मेरी बात को सीरियसली मत लेना। हम हिन्दुस्तानियों का स्वभाव ही होता है। चार घण्टे का रेल का सफ़र होता है तब भी हम साथ वाले की सात–पुश्तों का इतिहास पूछ लेते हैं।''

बात वहीं ख़त्म हो गयी। फिर हम लोग बैठकर बिहार, यूपी और मध्य प्रदेश की संस्कृति के बारे में बात करते रहे। त्योहारों की चर्चा करते रहे। लोकगीत खँगालते रहे–मुहावरों के अर्थ ढूँढ़ते रहे। दो घण्टे कहाँ निकल गये पता ही नहीं चला।

उसके बाद आशा से कई बार मुलाक़ात हुई–कभी मॉल में, कभी मन्दिर में, कभी किसी पार्टी में–वह मुझसे आदर भाव से मिलती रही। मैं सामान्य भाव से बतियाती रही। फिर पुरानी बातों को दुहराने का मैंने पागलपन नहीं किया। मेरी वजह से घरवालों को संकोच हो–यह अच्छा नहीं लगता।

मेरी अमेरिका यात्रा अपने आख़िरी छोर पर आ पहुँची थी। बच्चों के बीच चार महीने कैसे बीत गये पता ही नहीं चला। रहने को तो दो महीने और भी रह सकती थी। पर ये दो महीने मुझे कनाडा वाली बिटिया को भी देने थे। उसके लिए दोबारा मैं इतनी दूर नहीं आ सकती थी। वैसे भी मैंने तय कर लिया था कि यह मेरी अन्तिम विदेश यात्रा है। दुबारा इतनी हिम्मत मैं जुटा नहीं पाऊँगी।

बेटे ने मेरे लिए दो–तीन हिन्दी चैनल्स लगा दिये थे। दोपहर में देख लेती थी–अकेलापन नहीं खलता था।

उस दिन ऐसे ही कोई सीरियल देख रही थी कि दरवाज़े की घण्टी बजी। यहाँ तो घण्टी बजाकर कोई आता ही नहीं है। तीनों के पास अपनी चाबियाँ हैं। नौकर–चाकरों का तो सवाल ही नहीं है। डाकिया भी

डाक लेटर बॉक्स में डालकर चला जाता है। कोई ख़ास डिलीवरी होती तो ही बेल बजती थी।

कुछ असमंजस में ही मैंने दरवाज़ा खोला और चकित रह गयी। क्षणभर तो मैं उसे पहचान ही नहीं पायी। वह भी थोड़ी असहज हो आयी। बोली–"सॉरी आंटी। इन कपड़ों में आपके सामने आते बड़ा संकोच हो रहा था। पर घर चली जाती तो आलस आ जाता। इसीलिए ऑफ़िस से सीधे चली आयी।"

"अच्छा किया बेटा। और संकोच करने की ज़रूरत नहीं है। मुझे तो अब ये कपड़े देखने की आदत हो गयी है। और सच कहूँ इन कपड़ों में भी तुम बहुत सुन्दर लग रही हो।"

वह शरमा गयी। फिर दिल में एक घण्टी–सी बजी। "ऑफ़िस से आयी हो तो पहले एक–एक कप चाय का हो जाये", मैंने कहा।

"आंटी। चाय मैं बनाती हूँ।" मैंने मना नहीं किया। बहूरानी की अति आधुनिक रसोई में कुछ भी बनाते मुझे डर लगता है। बस, दोपहर की चाय भर बनाती हूँ मैं।

चाय पीते हुए मैंने कहा, "तुम्हारा ऑफ़िस जल्दी छूट जाता है क्या? विनीता का तो..."

"आंटी मैं हाफ़ डे लेकर आयी हूँ। पता चला आप वापस जा रही हैं। सोचा मिल आऊँ पता नहीं फिर कब मिलना हो।"

"अच्छा किया बेटे, बहुत अच्छा किया।" मुझे सचमुच बहुत अच्छा लग रहा था कि वह मेरे लिए इतना समय निकालकर आयी है।

और बस, इसके बाद हमारे बीच एक मौन पसर गया। कुछ देर मैं प्रतीक्षा करती रही। फिर मैंने पूछा–"बड़ी चुप–चुप हो। क्या बात है?"

"हिम्मत जुटा रही हूँ आंटी। आपसे एक बात कहनी थी। पर आप किसी से कहिएगा नहीं। विनीता से भी नहीं।"

"निश्चिन्त रहो बेटा, वैसे न कहना चाहो तो मुझसे भी मत कहो। कोई फ़र्क़ नहीं पड़ता।"

"नहीं, आपसे तो कहना ही है। इसीलिए तो आयी हूँ। फिर पता नहीं मौक़ा मिले या न मिले।"

कुछ देर तक चुप्पी छायी रही। फिर वह एकाएक बोल उठी– "आंटी। आय एम एन एडोप्टेड चाइल्ड।"

"मतलब?" सब कुछ समझने के बावजूद मैंने अपना आश्चर्य छुपाने के लिए प्रश्न कर लिया।

"मुझे गोद ले लिया गया था।"

"कब?"

"मैं बहुत छोटी थी तब?"

"तब तो तुम्हें कुछ याद नहीं होगा।"

"हाँ, मुझे कुछ भी याद नहीं है। बस मम्मी–पापा का प्यार–दुलार ही याद है। मुझे उन्होंने राजकुमारियों की तरह पाला था। दुनिया की कोई ऐसी चीज़ नहीं थी जो माँगने पर मुझे नहीं मिलती। सच तो यह है कि माँगने की ज़रूरत नहीं थी। उससे पहले ही सब कुछ हाज़िर हो जाता था। बड़ा ही सुखी, सम्पन्न बचपन था मेरा। काश, मैं कभी बड़ी ही न होती।"

"तुम्हें कब पता चला?"

–यूँ तो मम्मी मुझे रिश्तेदारों से बचाकर ही रखती थीं। फिर भी कभी न कभी सामना हो ही जाता था। तब उनकी खुसर–पुसर से मैं बेचैन हो जाती थी। उनकी नज़रों का कौतूहल मुझे असहज कर देता था।

मैं जब बारह साल की हो गयी तो मेरी आया बाई ने कहा–'मैडम! अब बेबी को छोड़कर मत जाया करो। ज़माना बहुत ख़राब है।'

रिश्ते की एक शादी में शिरकत ज़रूरी थी। मम्मी मजबूरन मुझे लेकर गयीं। वहाँ उनकी एक दूर की बहन अरसे बाद उन्हें मिलीं। देखते ही बोलीं, 'प्रेमा! ये वही लड़की है न।'

मम्मी जब तक उन्हें आँखों से बरजतीं वे आधा वाक्य बोल चुकी थीं। मम्मी का इशारा पाकर सुर बदलकर बोलीं, 'कितनी बड़ी हो गयी है न।'

मम्मी एकदम बिफ़र गयीं–'तो बड़ी नहीं होगी क्या? बारह साल बाद मिलोगी तो बिटिया क्या उतनी–सी ही बनी रहेगी? जानती हो, लड़कियाँ जल्दी बढ़ती हैं।'

वहाँ से लौटकर मैं एकदम गुमसुम–सी हो गयी थी। लोगों का अजीब निगाहों से घूरना और खुसर–पुसर करना अब समझ में आ रहा था। अब समझ में आया कि मम्मी मुझे रिश्तेदारों से दूर क्यों रखती थीं।

दो–तीन दिन तक मैं गुमसुम बनी रही। मैंने खाना छुआ तक नहीं। मम्मी–पापा परेशान हो गये। मेरी एक ही ज़िद थी, मुझे सच बताया जाये।

पापा बोले, "तुम्हें एक दिन सच्चाई बतानी ही थी। हम सिर्फ़ ठीक समय का इन्तज़ार कर रहे थे। तो चलो आज ही सही। यह सब सुनने, समझने, सहने की तुम्हारी उम्र नहीं है, पर मजबूरी है।'

सब कुछ सुनाने के बाद मम्मी ने कहा, "बेटा, मैंने तुम्हें सिर्फ़ जन्म नहीं दिया है। बाक़ी वह सब दिया है जो मैं दे सकती थी। और हमारे पास जो कुछ है वह सब तुम्हारा है, इत्मीनान रखो।"

पापा बोले, "देखो, सिर्फ़ जन्म देना ही महत्त्वपूर्ण नहीं है। असली बात है परवरिश–अच्छी परवरिश। हमने तुम्हें वही देने की कोशिश की है और करते रहेंगे। हम चाहते हैं कि तुम ऊँची से ऊँची तालीम पाओ और जीवन में ख़ूब तरक़्क़ी करो। हम तो यह बात भूल ही चुके हैं कि तुम्हें हमने जन्म नहीं दिया। तुम भी भूल जाओ। जिन बातों को याद करने से दुख होता हो उन्हें भूलना ही बेहतर है। तुम भी यह सब भूलकर अपनी दुनिया में लौट आओ। खेलो–कूदो, पढ़ो–लिखो। पूरी ज़िन्दगी तुम्हारे सामने है। उसे ख़ुशगवार बनाने की कोशिश करो–और तुम जानती हो, तुम्हारी ख़ुशी में ही हमारी ख़ुशी है।"

पापा की इस समझाइश के बाद भी मेरी उदासी दूर नहीं हुई। मैं अपने आपको एकदम बहुत अकेला अनुभव करने लगी थी। आख़िर एक दिन मैंने मम्मी–पापा से कह दिया–"अगर आप लोग मुझे ख़ुश देखना चाहते हैं, तो प्लीज़, मेरी एक इच्छा पूरी कर दीजिए–इसके बाद मैं आपसे कुछ नहीं माँगूँगी।"

"बोलो, क्या चाहती हो?"

"प्लीज़ मुझे एक भाई ला दीजिए।"

वे दोनों जैसे आसमान से गिरे। फिर थोड़ी देर बाद पापा बोले, "इसका मतलब समझती हो? वह आने वाला तुम्हारे प्यार में भी हिस्सेदार होगा और जायदाद में भी।"

"होने दीजिए पापा। जिनके यहाँ चार बच्चे होते हैं वहाँ भी प्यार बँटता है और पैसा भी। फिर भी उन लोगों में एक रिश्ता तो होता है। मैं यही चाहती हूँ। कल को आप लोग नहीं रहेंगे तो कोई तो होगा जो मेरा अपना होगा।"

मम्मी–पापा आज फिर से मुझे देख रहे थे। उन्हें ही नहीं, मुझे ख़ुद लग रहा था कि इन दस–पन्द्रह दिनों में मैं एकदम बड़ी हो गयी हूँ–अपनी उम्र से आगे निकल गयी हूँ।

डेढ़–दो साल इसी ऊहापोह में निकल गया। फिर उन्हें भी मेरी बात में तथ्य नज़र आया होगा। वे भी सोच रहे होंगे कि कल को मेरी शादी के बाद वे लोग एकदम अकेले पड़ जायेंगे।

फिर उन्होंने चार साल का एक प्यारा–सा बच्चा गोद ले लिया। मम्मी बोलीं कि अब इस उम्र में बहुत छोटे बच्चे की साज सँभाल मुझसे नहीं होगी।

इस बच्चे को एक तरह से मैंने ही पाला है। पूरे दस साल छोटा है मुझसे। पर वह मेरे जीवन का केन्द्रबिन्दु बन गया था। स्कूल का समय छोड़कर मेरा खाना–पीना, सोना–जागना, उसी के साथ होता था। एक अजीब बॉन्ड था हम दोनों में। लगता था पिछले जन्म में बिछड़े हम इस जन्म में पुनः मिल गये हैं।

इस कहानी के बाद कमरे में एक सन्नाटा–सा खिंच गया था। वह एकदम मौन हो गयी थी। मुझे भी यह सब आत्मसात् करने के लिए समय चाहिए था। मैं चाय बनाने के लिए उठ गयी और थोड़ी देर को उसे अकेला छोड़ दिया।

उसे चाय का कप पकड़ाते हुए मैंने धीरे–से पूछा, "तुम्हारे ससुराल वालों को यह मालूम है?"

"मैंने शादी ही इसी शर्त पर की थी कि सामने वाले को सब कुछ सच–सच बता दिया जाये। बाद में पता चलने पर मुझ पर धोखाधड़ी का आरोप लगेगा तो मुझे सहन नहीं होगा। मैं तो शादी ही करना नहीं चाहती थी, पर मम्मी–पापा का बहुत मन था कि उनके दरवाज़े पर भी शहनाई बजे–बारात आये।"

"फिर?"

"दो–तीन रिश्ते कोई इसी कारण लौट गये। पर ये लोग तैयार हो गये। सास, ससुर और पति–बस तीनों को पता है। ससुर जी बोले–सबको बताने की ज़रूरत नहीं है। फिर दस तरह की बातें होती हैं। मेरी ननद को भी शायद पता नहीं है।"

"तुम्हारे साथ लोगों का बर्ताव कैसा है?"

"बहुत अच्छा। बहुत प्यार–दुलार और आदर–मान देते हैं। इसलिए मैं भी उनका मन रखने का भरसक प्रयास करती हूँ। वहाँ जाती हूँ तो सीधे पल्ले की साड़ी पहनती हूँ। सिर ढँकती हूँ। चूड़ी, बिन्दी, बिछिया

सब पहनती हूँ। इसीलिए मैंने अपने बाल भी नहीं कटवाये क्योंकि साल में एक बार जाना होता ही है? मेरे दोनों बच्चे भी वहाँ जाकर एकदम देसी हो जाते हैं।''

''तुम्हारा भाई, वह तो अब बड़ा हो गया होगा।''

''हाँ, अट्ठाईस का है। इंजीनियर है। पिछले साल हमने उसकी शादी भी कर दी। उन लोगों को भी पहले सब बता दिया। पर प्रॉपर्टी इतनी है कि उनसे मना करते नहीं बना।''

''बहू अच्छी है?''

''हाँ। दोनों यहाँ आने के लिए फड़फड़ा रहे हैं। पर मैंने कहा, अभी रुक जाओ। दोनों बूढ़े हो चले हैं। पापा तो बहुत ही थक गये हैं। ऐसे में उनको अकेले छोड़ना ठीक नहीं है। कल को कहने को हो जायेगा कि पेट जाया होता तो छोड़कर थोड़े ही जाता।''

''पेट जाये क्या छोड़कर जाते नहीं हैं।''

"पर उन्हें कोई दोष नहीं देगा आंटी। पर यहाँ तो कहानी ही दूसरी है ना।" बोलते–बोलते उसकी नज़र कलाई घड़ी पर गयी–ओ माय गॉड! कितना समय हो गया, पता ही नहीं चला। और जो कहने आयी थी वह बात तो रही जा रही थी।

(इतनी लम्बी कहानी के बाद भी कुछ शेष था)

''आंटी जी?" उसने गला साफ़ करके कहा, "मुझे और अमृता को देखकर, आपको जिनकी याद आ गयी थी, वे अगर कभी मिलें तो उनके सामने मेरा ज़िक्र मत करना।''

''अब तक नाराज़ हो?''

"नाराज़ थी, उनसे नफ़रत भी थी। पर जिस दिन पहली बार अमृता को गोद में लिया उस दिन सारी नाराज़गी, सारी नफ़रत ममता के ज्वार में बह गयी। समझ गयी कि कोई बहुत बड़ी मजबूरी रही होगी–नहीं तो अपने कलेजे के टुकड़े को कोई यूँ छोड़कर नहीं जाता। और मजबूरी क्या होगी, हम–आप समझ सकते हैं।''

''अपने मम्मी–पापा की नाराज़गी का डर है?''

''उन बेचारों को क्या पता लगेगा। वे अपनी दुनिया में मस्त हैं।''

''फिर।''

वह कुछ देर चुप रही। फिर बोली, "आंटी। वे जो भी हैं, जहाँ भी हैं–

सुखी रहें, यही चाहती हूँ। पहले मैं डरती थी कि मेरी जन्मदात्री पता नहीं किस कुलशील की होगी। पर जब आपकी सहेली हैं, तो अच्छे घर की ही होंगी। आपकी ही तरह परिवार में आदर–मान पाती होंगी। आप ही की तरह अपने नाती–पोतों में रची–बसी होंगी। मेरे अस्तित्व की कल्पना मात्र से उनकी मानसिक शान्ति भंग हो जायेगी। उनके जीवन में भूचाल आ जायेगा। और अगर इस बात की भनक भी किसी को लग गयी तो उनकी प्रतिष्ठा और प्रतिमा धूमिल हो जायेगी–सन्तान के रूप में कोई सुख तो नहीं दे सकती मैं। कम–से–कम उनके दुख का कारण तो न बनूँ।"

"बहुत समझदार हो बेटा तुम।" मैंने उठकर उसे गले से लगा लिया। वह रो पड़ी और रोती ही रही। मैंने उसे चुप कराने का प्रयास नहीं किया। जानती थी यह चिरसंचित रुलाई है। बरसों से वह इसे छाती में दबाये बैठी है।

और मुझे यह भी अहसास हो गया था कि वह जिससे लिपटकर रो रही है–वह मैं नहीं हूँ, उसकी माँ है।

तोहि उरिन मैं नाहि

सुबह के साढ़े नौ बज रहे थे और इनका अब तक पता नहीं था। रोज़ तो आठ साढ़े आठ तक मॉर्निंग वॉक से लौट आते हैं। रोज़ की तरह चाय और नाश्ता बनाकर मैं इन्तज़ार कर रही थी। और झूठ क्यों बोलूँ–मुझे भूख लग आयी थी। रोज़ की आदत जो ठहरी।

कितनी बार कहा है कि मोबाइल साथ रख लिया करो तो मना कर देते हैं। कहते हैं, कुछ देर के लिए तो इस बला से मुक्ति मिले। माथुर को देखता हूँ न! हर पाँच मिनिट पर फ़ोन घनघनाता रहता है–तंग आ जाता है पर मोबाइल नहीं छोड़ता। कभी–कभी सोचता हूँ, मोबाइल नहीं थे तब भी तो लोग जीते थे–और चैन से जीते थे।

देर होने लगती है तो चिन्ता हो जाती है। मन में अजीब–अजीब ख़याल आने लगते हैं। एक बार कपूर साहब बाइक से टकरा गये थे। डेढ़ महीने के लिए प्लास्टर लग गया था। एक बार गुप्ताजी के पैर में मोच आ गयी थी, तो रिक्शे में घर पहुँचाना पड़ा था। आठ दिन तक मालिश होती रही तब जाकर ठीक से चल पाये थे। सभी तो उम्रदराज हैं, इसीलिए चिन्ता होती है।

ये लेकिन बहुत नाराज़ होते हैं। कहते हैं–"तुम्हारे मन में हमेशा बुरे ख़याल ही क्यों आते हैं। कभी अच्छा भी हो सोचा करो।" फिर मैंने अच्छा सोचना शुरू किया। हो सकता है आज किसी का जन्मदिन हो। जन्मदिन मनाने के लिए ये लोग सैर के बाद सीधे छप्पनभोग चले जाते हैं।

मैंने सोच लिया कि दस बजे तक प्रतीक्षा करूँगी और फिर नाश्ता कर लूँगी। भूख तो ख़ैर मैं बर्दाश्त कर लूँगी। पर दुनियाभर की दवाइयाँ जो लेनी होती हैं। उससे पहले पेट में कुछ डालना भी ज़रूरी है।

मैं अपने विचारों में खोयी हुई थी कि दरवाज़े की घण्टी बजी।

लपककर दरवाज़ा खोला। उलाहना की झड़ी लगाने ही वाली थी कि देखा–दरवाज़े पर ये नहीं माथुर साहब थे–वो भी सपत्नीक। माथुर साहब तो ख़ैर आते ही रहते हैं पर इतनी सुबह उनकी पत्नी को देखकर आश्चर्य हुआ। नौकरीवाली बहू हो तो सास का असमय बाहर निकलना असम्भव ही होता है। सोचा, शायद कोई निमन्त्रण देने आये हैं। पर मिसेज़ माथुर घरेलू साड़ी में थीं। ऐसे कपड़ों में कोई निमन्त्रण देने नहीं जाता।

"भाभी जी, चाय पिलाइए," उन्होंने मेरी विचार तन्द्रा को भंग करते हुए कहा, "आपके यहाँ तो बनी रखी है। चलिए, इसी में हिस्सा बाँट कर लेते हैं।"

मैंने तीन मग्स में चाय डाली और शुगर पॉट सामने कर दिया।

"आप ये समोसा लीजिए, गरम है," उन्होंने पैकेट मेरे सामने करते हुए कहा–"बच्चों के लिए ले जा रहे थे, सोचा दो–चार आप लोगों के लिए भी ले लें।"

समोसा खाते हुए मैंने पूछा, "आज आप मॉर्निंग वॉक पर नहीं गये।"

"ऐसा कहीं हो सकता है भला," मिसेस माथुर बोलीं–"दुनिया चाहे इधर की उधर हो जाये सुबह की सैर नहीं रुक सकती।"

माथुर साहब ने आँखें तरेरकर पत्नी की ओर देखा पर तब तक बहुत देर हो चुकी थी। तीर कमान से निकल चुका था। अधखाया समोसा प्लेट में छोड़कर मैंने पूछा–"अपने दोस्त को कहाँ छोड़ आये?"

"आप नाश्ता कर लीजिए, फिर बताता हूँ।"

"खा लिया मैंने जितना खाना था। अब आप फ़ौरन बताइए। मेरा जी बहुत घबरा रहा है।"

"घबराने की कोई बात नहीं है भाभी, सब ठीक है।"

"फिर इन्हें कहाँ छोड़ आये?"

"देखिए, शान्ति से सुनिए, हम लोग पार्क से चलने को हुए तो मनोहरजी को एकदम चक्कर आ गया।"

"फिर, गिर गये क्या? ज़्यादा चोट तो नहीं आयी?" मेरा तो कलेजा मुँह को आ गया था।

"गिरते कैसे? हम सब साथ जो थे। फिर हमने सोचा, पास में तो सार्थक नर्सिंग होम है। वैसे बी.पी. वग़ैरह चेक कर लेते हैं।"

"फिर?"

"फिर कुछ नहीं। ड्यूटी डॉक्टर ने बी.पी. चेक किया। ठीक था। फिर वह बोला, ग्यारह बजे बड़े डॉक्टर साहब आयेंगे। एक बार उन्हें दिखा लेते हैं। इसलिए हम उन्हें वहीं छोड़ आये हैं। गुप्ता पास में बैठा है।"

"भाई साहब! प्लीज़ मुझे ले चलिए। मेरा जी बहुत घबरा रहा है।"

"आपको लेने के लिए ही आया था मैं। ऑटो खड़ा किया हुआ है। बस सोच रहा था आप मुँह में कुछ डाल लेतीं, ख़ैर चलिए।"

मैंने फ़टाफ़ट घर बन्द किया और उनके साथ चल पड़ी। रास्ते में हमने मिसेज़ माथुर को उनके घर छोड़ा और सीधे नर्सिंग होम की राह ली। मेरे मन में इतनी बुरी–बुरी कल्पनाएँ आ रही थीं। पर जब पहुँचकर देखा कि ये और गुप्ताजी मज़े से कमरे में बैठकर गप्पें मार रहे हैं तो मेरी जान में जान आयी।

"डॉक्टर आ गये?" माथुर ने पूछा।

"राउंड ले रहे हैं। उसके बाद देखेंगे।"

कुछ देर बाद ही बुलावा आ गया। ये दोस्तों के साथ चले गये। मैं कमरे में बैठी रही। अच्छा हुआ जो इन लोगों ने कमरा ले लिया था, नहीं तो बाहर बरामदे में बैठना पड़ता।

कोई आधा घण्टा बाद तीनों लौट आये। रिपोर्ट अच्छी थी मतलब अभी कुछ वैसा नहीं लग रहा है। हो सकता है काफ़ी देर तक धूप में बैठने के कारण हुआ हो या उठते समय कोई नस खिंच गयी हो। पर डॉक्टर का कहना था–एक बार किसी न्यूरोलॉजिस्ट को दिखा लेते हैं। शाम की अपॉइंटमेंट भी ले ली थी। नर्सिंग होम के ही एसोसियेट स्पेशलिस्ट हैं। वे शाम को आयेंगे।

मैंने उन दोनों से कहा, "आप लोग अब घर जाइए। मैं इनके पास हूँ।" जाने से पहले वे दोनों हमारे लिए चाय–बिस्किट ऑर्डर कर गये। दोपहर को मिस्टर और मिसेज़ कपूर खाना लेकर आ गये। शाम को कपूर दम्पति चाय और सैंडविच लेकर आ गये। जब उन्हें पता चला डॉक्टर आने वाले हैं तो वे रुके रहे।

इन डॉक्टर साहब ने भी ओ.के. रिपोर्ट दी और कहा–दुबारा ऐसा हुआ तो तुरन्त सम्पर्क कीजिए। अपन एमआरआई कर लेंगे। नर्सिंग होम वाले डॉक्टर की सलाह थी–आज रात रुक जाइए। सुबह तसल्ली के साथ घर जाइए।

''सब पैसे कमाने के धन्धे हैं,'' ये भुनभुनाये।

मैंने कहा, ''वे तो हमें बुलाने नहीं आये थे। हमीं दौड़कर उनके पास आये थे। तो अब उनकी तसल्ली तक रुक जाइए। शायद उन्होंने किसी कारण से यह सलाह दी हो।''

सात बजे माथुर साहब आये। बोले, ''मुझे लगा डिस्चार्ज़ मिल जायेगा, इसलिए नितिन के लिए रुका रहा। गाड़ी लेकर आया हूँ।''

''तो ऐसा करते हैं, नितिन तुम आंटी को घर छोड़ दो और गुप्ता से कह दो, रात को यहाँ रुक जायें, वो आ जायेंगे तो मैं ऑटो करके आ जाऊँगा।''

''मैं रुक जाती हूँ।'' मैंने कहा।

''नहीं भाभी जी—ये आपके बस की बात नहीं। रात को ज़रूरत पड़ी तो कोई दौड़—भाग करने वाला चाहिए। मैं ही रुक जाता पर इन दिनों मेरी तबीयत भी ज़रा ढीली चल रही है। इमरजेंसी में किसी काम का नहीं हूँ मैं।''

नितिन ने मुझे घर छोड़ा। मुझसे चाबी लेकर गेट खोला, फिर मेन दरवाज़ा खोला। मेरे हाथ में एक टिफ़िन थमाकर बोला, ''मम्मी ने आपके लिए खाना भेजा है। अंकल के परहेज़ का पता नहीं था।''

''कोई बात नहीं बेटा, अब तुम घर जाओ। दफ़्तर से लौटकर सीधे चले आये हो। पता नहीं चाय भी पी है कि नहीं। बनाऊँ।''

''चाय पीकर ही चला था। आप तकलीफ़ न करें। हमारा नम्बर तो है न आपके पास। ज़रूरत हो तो कॉल कर लीजिएगा। मैं चलूँ?''

उसके जाने के बाद मैं कितनी देर तक सुन्न होकर बैठी रही। इनकी तबीयत का कुछ समझ में नहीं आ रहा था। सब कुछ ठीक—ठाक है बता रहे थे, फिर रात भर के लिए रोक भी रहे थे। पता नहीं क्या हुआ है।

खाने का ज़रा मन नहीं था। थोड़ा—सा मुँह जुठार कर मैंने खाना फ्रिज में डाल दिया। टीवी देखने की कोशिश की। मन नहीं लगा। कुछ पढ़ने की भी इच्छा नहीं हुई। तो नौ बजे ही गेट में ताला डालकर मैंने बत्तियाँ बुझा दीं।

अपने विचारों में खोयी हुई मैं करवटें बदल रही थी कि अचानक गेट की घण्टी बजी। इतनी रात गये कौन होगा? मैंने तुरन्त बाहर की बत्ती जलायी और खिड़की से झाँककर देखा—''भाभीजी, गेट खोलिए।'' गुप्ताजी

की आवाज़ थी। मेरा दिल बुरी तरह धड़क उठा। गुप्ताजी इस समय यहाँ क्या कर रहे हैं। उन्हें तो नर्सिंग होम में होना था। कहीं ऐसा तो नहीं कि इन्हें डिस्चार्ज मिल गया हो।

बदहवास–सी गिरते–पड़ते मैं बाहर पहुँची। गेट खोलते हुए मैंने कहा, ''गुप्ताजी, आप इतनी रात को? सब ठीक तो है ना।''

''इतनी रात कहाँ भाभी। अभी साढ़े नौ ही बजे हैं।'' उन्होंने भीतर आते हुए कहा। अब मैंने देखा कि उनके साथ उनका पोता भी है। मुझे प्रणाम करके बालक एक ओर खड़ा हो गया।

''आप तो नर्सिंग होम जानेवाले थे न।''

''जानेवाला था पर राहुल ने मना कर दिया। बोला कोई इमरजेन्सी होगी तो पहले आपके हाथ–पाँव फूल जायेंगे। इससे अच्छा है मैं चला जाता हूँ। बस सुबह मुझे जल्दी रिलीव कर दीजिए–तो वो नाइट ड्यूटी पर चला गया। आपके लिए मैं शौनक को ले आया हूँ।'' उन्होंने पोते को आगे करते हुए कहा, "यूँ तो पूरा कुम्भकर्ण है। पर कोई साथ रहेगा तो आपका हौसला बना रहेगा।''

सच, किसी के साथ होने की कल्पना मात्र से ही मुझे बड़ी राहत मिल गयी।

''अच्छा बेटे, मैं चलता हूँ।'' उन्होंने बेटे की पीठ थपथपाते हुए कहा, ''दादी को तंग मत करना और होशियारी से रहना।''

उनके जाने के बाद मैंने गेट में ताला डाला और भीतर आ गयी। हॉल का दरवाज़ा बन्द करते हुए मैंने शौनक से कहा, ''दो मिनट रुकना बेटा, मैं गेस्ट रूम के बेडरूम की चादर बदल दूँ।''

''नहीं दादी, मैं यहीं दीवान पर सो रहूँगा। बस ओढ़ने के लिए कुछ दे दीजिए।''

मैंने दीवान पर उसका बिस्तर लगाते हुए कहा, ''बेटा, यहाँ भी टीवी है। कुछ देखना चाहो तो देख लो।''

''नहीं दादी, मैं थोड़ा पढ़ूँगा। एक्जाम चल रहे हैं न।"

मुझे इतना संकोच हो आया–''मेरी वजह से तुम्हारी पढ़ाई मारी गयी।''

''वैसे भी रात में मैं कितना पढ़ लेता। बस थोड़ा देख लूँगा। और आप गेट की चाबी मुझे दे जाइए। मैं सुबह चुपचाप निकल जाऊँगा।''

"वाह! ऐसे कैसे निकल जाओगे। चाय पीकर जाना। बस मुझे एक बार आवाज़ दे लेना।"

उसके लिए दूध का गिलास और पानी की बॉटल रखकर मैं सोने चली गयी। पर देर रात तक नींद नहीं आयी। दिनभर का घटनाक्रम आँखों के आगे घूमता रहा। पता नहीं कब आँख लगी। सुबह उठी तो कमरे में धूप फैल चुकी थी। हड़बड़ाकर उठी–देखा, गुप्ताजी का पोता चला गया था। गेट का ताला–चाबी टेबल पर रखा था। कम्बल और चादर तहाकर रखे हुए थे। भीतर डायनिंग टेबल पर दूध की थैलियाँ रखी हुई थीं। मुझे उस पर बड़ा प्यार आ गया। कितना सलीकेदार बच्चा है।

चाय पीकर मैं फटाफट नहा ली। अस्पताल से कोई फ़ोन आये तो रिसीव करने के लिए तो कोई चाहिए। क़रीब साढ़े दस बजे माथुर साहब का फ़ोन आया–"भाभी! डॉक्टर का राउंड हो जाने के बाद हम लोग आ जायेंगे। आप नाश्ता कर लीजिए। भाईसाहब को यहाँ करा दिया है, वे कुछ कह रहे हैं, सुन लीजिए।"

"सुनो" इन्होंने कहा, "मेरा बिस्तर बाहर दीवान पर ही लगा देना।"

इतना ताव आया, बीमारी में भी दरबार लगाकर बैठेंगे। पर फिर दिनभर घर में ऐसा मेला लगा रहा कि लगा इनका कहना ठीक था। बेडरूम में किस–किस को ले आते, कहाँ बिठाती।

ये लोग कोई डेढ़ बजे घर लौटे। माथुर साहब ने माफ़ी माँगते हुए कहा, "सॉरी भाभीजी! आपको बहुत इन्तज़ार कराया। दरअसल हम नितिन की राह देख रहे थे। वह लंच आवर में ही आ पाया।"

कहने का मन हुआ कि टैक्सी कर लेते। पर ऐसा कहकर उनकी सदाशयता का अपमान करने की इच्छा नहीं हुई।

इनके आते ही दो दिन से भाँय–भाँय करता घर एकदम गुलज़ार हो उठा। रात तक आनेवालों का ताँता लगा रहा। जो लोग नर्सिंग होम नहीं पहुँच पाये थे वे क्षमायाचना करते हुए घर आ गये। मुझे दिनभर साँस लेने की फुरसत नहीं मिली। रात नौ बजे के बाद यह रेला थमा तो मैंने फटाफट खिचड़ी चढ़ा दी।

खाने पर बैठते ही इन्होंने बुरा–सा मुँह बना लिया। "मैं इतना बीमार नहीं हूँ भाई। कल से दलिया और खिचड़ी खिला–खिलाकर तुम लोगों ने सचमुच मुझे बीमार कर दिया है।"

"सॉरी" मैंने क्षमायाचना करते हुए कहा, "पर ये खिचड़ी आपकी बीमारी के उपलक्ष्य में नहीं है। दरअसल मुझे कुछ बनाने का समय ही नहीं मिला। देख तो रहे हैं, दिनभर कैसी हाय–तौबा मची हुई थी।"

"इसीलिए तो कहता हूँ एक कुक रख लो। पर तुम्हारी एक ही रट है, दो जनों का खाना होता ही कितना है।"

हम दोनों के बीच यह शाश्वतवाद था। इसलिए मैंने जवाब नहीं दिया और चुपचाप खाना खाती रही। मेरी आँखें झपकने लगी थीं। दिनभर ज़रा भी कमर सीधी करने का मौक़ा नहीं मिला था।

हम लोग सोने जा रहे थे कि फ़ोन की घण्टी बजी। बिस्तर के पास रखा कॉर्डलेस इन्होंने फ़ट से उठा लिया–उधर से आवाज़ आते ही इन्होंने स्पीकर ऑन कर दिया। समझ गयी कि सोहम होगा। बच्चों का फ़ोन होता है तो हम लोग स्पीकर ऑन कर लेते हैं।

"पापा आप घर पर हैं? डिस्चार्ज मिल गया?"

"हाँ बेटा, दोपहर में ही घर आ गया था।"

"डॉक्टर क्या कहते हैं?"

"कह रहे थे, चिन्ता की कोई बात नहीं है। दुबारा ऐसा हुआ तो एमआरआई कर लेंगे।"

"बिल कितना हुआ? वैसे जितना भी हुआ हो, मैं पैसे भेज रहा हूँ आपके अकाउंट में। चेक कर लीजिएगा।"

"बिल का पता नहीं बेटा। माथुर ने ही पे किया था। मैं पूछ–पूछकर हार गया पर उसने बताया नहीं। माथुर, गुप्ता, कपूर, भारन, इन लोगों ने बहुत मदद की बेटा। हमें महसूस ही नहीं होने दिया कि हम लोग यहाँ अकेले हैं। बेटे, एक काम करोगे?"

"बोलिए पापा।"

"मैं इन सबके नम्बर भेज देता हूँ। तुम सबको एक–एक थैंक्यू का फ़ोन कर लेना।"

"वह बहुत ऑड नहीं लगेगा? इससे तो अच्छा है मैं कुछ थैंक्यू कार्ड्स भेज देता हूँ। आप सबको दे दीजिएगा।"

"यह कुछ ज़्यादा ही औपचारिक नहीं लगेगा?"

"तो पापा ऐसा करते हैं, मैं अगली बार आऊँगा तो सबके लिए गिफ्ट्स लेकर आऊँगा–और खुद सबके घर जाकर दे आऊँगा। ठीक है?"

''हाँ ठीक है'', इन्होंने बेमन से कहा, शक्ल से साफ़ ज़ाहिर था कि उन्हें यह प्रस्ताव पसन्द नहीं आया है। फ़ोन रखते ही बोले, "सोहम को किसने ख़बर की थी?''

''मैंने, और कौन करेगा।''

''मना किया था न!''

''आपके मना करने से क्या होता है। ज़रा मेरी भी तो सोचिए। चिन्ता के मारे प्राण निकले जा रहे थे। बच्चों से ही तो शेयर कर सकती थी।"

''तो सोनिया को भी फ़ोन किया होगा। जानती हो न कि कितनी हायपर है। रो–रोकर घर भर दिया होगा उसने। संजीव बेचारे परेशान हो गये होंगे।''

''उसे फ़ोन नहीं करती तो वह मेरे प्राण ले लेती कि उतनी दूर भैया को यू.एस.ए. में ख़बर की और मुझे हैदराबाद में फ़ोन नहीं कर सकीं।''

''प्राण तो अब भी ले लेगी कि पापा को घर आये आठ घण्टे हो गये हैं और तुमने मुझे ख़बर भी नहीं की?''

''मेरे पास समय भी था? और सोनिया को फ़ोन करने का मतलब है आधा घण्टा रिसीवर से चिपके रहना। अब सुबह उठते ही उसे फ़ोन कर दूँगी। कह दूँगी, पापा रात आठ बजे घर आये थे।''

''तुम्हारा झूठ चार क़दम भी चल नहीं पायेगा–देख लेना।''

मैंने सोच लिया था, सुबह उठते ही सोनिया को फ़ोन कर दूँगी। पर ऐसा कहाँ हो पाता है। सुबह–सुबह इतने सारे काम मुँह बाये सामने खड़े हो जाते हैं कि और कुछ याद ही नहीं रहता। आख़िर नौ बजे उसी का फ़ोन आ गया–''मम्मी! पापा कैसे हैं?''

''अच्छे हैं, नहाने गये हैं।''

''मतलब घर आ गये हैं। और तुमने मुझे बताया भी नहीं।''

''कब बताती। शाम को सात बजे आये हैं और दरबार लगाकर बैठ गये। मेरा तो एक पैर किचन में, एक ड्राइंग रूम में–ऐसी अवस्था थी।''

''तो सबकी ख़ातिरदारी करना ज़रूरी था। मम्मी! ऐसे में कोई आपसे स्वागत सत्कार की अपेक्षा नहीं करता।''

''बेटा, घर आये मेहमान को एक कप चाय तो पिलायी जा सकती है। तुम्हें पता नहीं है इन लोगों ने कितनी मदद की है। कितना सहारा दिया है। इनके पास रात–दिन कोई न कोई बैठा रहा। गुप्ताजी का बेटा रात को अस्पताल में सोया। उनका पोता मेरे लिए परीक्षा के बावजूद

यहाँ रुका। सबके यहाँ से चाय–नाश्ता आता रहा। और कल इन्हें लाने के लिए माथुर साहब का नितिन लंच आवर में गाड़ी लेकर आया था।''

''तुम ही कह रहीं थीं, पापा शाम को घर आये थे।''

ये ठीक ही कह रहे थे। मेरा झूठ चार क़दम भी नहीं चल पाया था। उसी समय मुझे अगरबत्ती की सुगन्ध आयी। ये नहा चुके थे और साईं बाबा के आगे अगरबत्ती जला रहे थे। मैंने आवाज़ देकर कहा–"आपकी लाडली का फ़ोन है, बात कर लीजिए।"

इन्हें फ़ोन पकड़ाकर मैंने राहत की साँस ली। अब वह पापा के साथ शुरू हो गयी थी–''पापा आप लोग इतने अभिभूत क्यों हो रहे हैं? अड़ोसी–पड़ोसी तो मदद करते ही हैं। आप भी तो सबके लिए दौड़भाग करते रहे हैं। कपूर अंकल की माताजी सीढ़ियों से गिर गयी थीं तो आप ही उन्हें अस्पताल ले गये थे। गुप्ता अंकल के राहुल की नौकरी एक तरह से आपने ही लगवायी है। आपकी ही सिफ़ारिश काम आयी थी। और माथुर अंकल की पिंकी की शादी में अपनी गाड़ी आठ दिन तक दौड़ती रही है। लौटने पर उसे सीधे गैराज में ही भेजना पड़ा था।''

फ़ोन रखने के बाद कितनी देर तक ये चुप हो गये थे। फिर नाश्ता करते हुए बोले, "अपने बच्चे कितने प्रैक्टिकल हो गये हैं।"

''प्रैक्टिकल नहीं, संवेदनशून्य कहिए।''

''मैं सोचता हूँ क्या राहुल और नितिन ने भी अपने माँ–बाप से ऐसी ही हुज्जत की होगी?''

''अब फ़ालतू बातें सोचकर अपना दिमाग़ मत ख़राब कीजिए। बस इतना याद रखिए कि उन बच्चों ने अपनी कितनी सेवा की है।''

''वही तो। वही तो समझ नहीं पा रहा हूँ कि इन लोगों के अहसानों का बदला कैसे चुकाऊँगा।''

''अब उसका टेंशन लेकर बीमार मत पड़ जाना। एक बात कहूँ, जब हम किसी के अहसानों का बदला चुकाने की बात सोचते हैं तो अप्रत्यक्ष रूप से हम उनके लिए किसी विपत्ति की कामना करते हैं ताकि उनकी मदद करने का अवसर मिले।''

इनकी आँखें एकदम चमक उठीं–''अरे वाह! तुमने तो यह बड़ी अच्छी बात कह दी।''

''यह मेरी बात नहीं है। सदियों पहले, वाल्मीकि जी ने कह रखी है। सीता जी का पता ठिकाना पा जाने के बाद श्रीराम प्रभु ने हनुमानजी से

कहा कि–'वत्स तुमने मुझ पर बहुत बड़ा उपकार किया है। मैं तुम्हारा ऋणी हो गया हूँ। क्योंकि इसका अर्थ होगा तुम्हारे अनिष्ट की कामना करना।' गोसाईं जी भी कहते हैं–सुनु सुत तोहे उरिन मैं नाही।''

सो–रिलैक्स।

बार–बार इसरार करने के बाद माथुर साहब ने बिल दिखाया। पैंतीस हज़ार का था।

''एक रात भर के पैंतीस हज़ार?'' मेरे मुँह से एकदम निकल गया। वे बोले, ''कमरे का किराया, नर्सिंग चार्जेस, दो–तीन टेस्ट कराये थे उनकी फ़ीस, दवाइयाँ, कमरे में एक बार झाँक जाने की डॉक्टरों की फ़ीस–और सबसे जानलेवा फ़ीस उन स्पेशलिस्ट महोदय की थी।''

''चलिए, ये ठीक–ठाक होकर घर आ गये, इस बात के लिए कोई भी क़ीमत ज़्यादा नहीं है।''

दो–तीन दिन बाद ये बोले, ''चलो ज़रा माथुर के यहाँ हो आते हैं।''

''किसलिए?''

''उसके पैसे नहीं देने हैं?''

''मुझे लगा, आपने उसी दिन चेक दे दिया होगा।''

''दे सकता था पर नहीं दिया। वह निरी औपचारिकता होती। घर जाकर देंगे तो धन्यवाद ज्ञापन होगा।''

मुझे उनकी बात ठीक लगी।

हम दोनों को देखकर माथुर साहब बहुत खुश हुए। उन्होंने फ़ोन करके गुप्ता लोगों को भी बुला लिया। ख़ूब गपशप हुई। चाय–नाश्ता हुआ। इनसे वादा लिया गया कि कल से मॉर्निंग वॉक फिर से शुरू करेंगे।

घण्टा–डेढ़ घण्टा महफ़िल जमाने के बाद ये उठ खड़े हुए। बड़े अदब के साथ इन्होंने माथुर साहब को चेक थमाया।

''इतनी जल्दी क्या थी बिरादर! कुछ दिन तो मेरे क़र्ज़दार बने रहते, मज़ा आता।''

''सिर्फ़ पैसे ही तो लौटा रहा हूँ भैया। बाक़ी सब तो लौटाया नहीं जा सकता और मैं लौटाना चाहता भी नहीं हूँ। आप सबका यह क़र्ज़ मुझ पर हमेशा बना रहे, यही कामना है।''

यह सब कहते हुए इनका चेहरा एकदम प्रसन्न और तनाव रहित लग रहा था।

कोई हफ़्ते भर बाद ये इतना खुलकर हँसे थे।

मातमपुरसी

"अब यही जानकर सब्र कर लो बेटा! कि भगवान जी उसके भी कष्ट हर लिए और तुम्हें भी मुक्ति दे दी। अब उसे भूलकर दूसरे बच्चों में दिल लगाओ। राम जी सब भला करेंगे।" वह महिला अनवरत बोले चली जा रही थी और मैं, भाभी का वेदना से पुता चेहरा देख रही थी। आगन्तुक महिला भाभी को पिछले पन्द्रह मिनट से यह समझाने की कोशिश कर रही थी कि जो कुछ हुआ, अच्छा ही हुआ, नहीं तो तुम्हारे पीछे कौन उसकी देखभाल करता। मेरा मन हो रहा था, उनके मुँह पर हाथ रखकर उन्हें चुप करा दूँ, पर उनकी उम्र का ख़याल करके मैं चुप रह गयी थी। और वही क्यों? आने वाला हर व्यक्ति इसी अन्दाज़ में बात कर रहा था। लगता था जैसे सान्त्वना के बहाने वे लोग बधाई दे रहे हैं। अब उन्हें कौन समझाता कि माँ के लिए सन्तान की मृत्यु दुःखद ही होती है–भले ही सन्तान सविता की तरह लुंजपुंज क्यों न हो।

जब वह देवीजी चली गयीं, तो मैंने राहत की साँस ली। भाभी से कहा, "भाभी, अब आप सीधा जाकर बिस्तर पर लेट जाइए। कोई भी आये, आपको बाहर आने की ज़रूरत नहीं है। मैं सबसे निपट लूँगी। आप बस आराम कीजिए।"

"आज तो शायद मम्मी का सत्संग ग्रुप भी आने वाला है," अमिता ने कहा।

"तुम्हें कैसे पता," भाभी ने पूछा?

"मम्मी, सुबह मैं बस स्टॉप पर खड़ी थी न, तो माथुर आंटी और शुक्ला आंटी मॉर्निंग वॉक पर जाते मिल गयी थीं। माथुर आंटी कह रही थीं, मिसेज़ शुक्ला हम सब साथ ही चलेंगे, ऐसी जगह अकेले जाने की हिम्मत नहीं पड़ती।"

"सत्संग ग्रुप? भाभी कब से सत्संग में जाने लगीं?" मैंने आश्चर्य में भरकर कहा।

"वो कहाँ जाती थीं? मैं ही ठेलकर भेजती थी। इसके लिए मैं मंगलवार की कोचिंग भी गोल कर देती थी। सत्संग ही सही, पर उसके बहाने से बाहर तो निकलेंगी।" अमिता ने बतलाया।

"यह तो बहुत अच्छी बात है," मैंने बोला।

"और बुआ, महीने में एक–दो संडे पापा उन्हें महीने का सामान लाने के बहाने बाज़ार भी ले जाते थे। कभी–कभी वहीं से वे लोग फ़िल्म देखने भी चले जाते थे। मैं और तारा अम्मा दीदी को देख लेते थे," अमिता ने उत्साह में भरकर कहा।

उसकी बात सुनकर मुझे इतना प्यार आया कि मैंने उसे खींचकर गले से लगा लिया। बित्ते भर की लड़की, पर कितनी समझदार है। नहीं तो इस उम्र में लड़कियों को सखी–सहेलियों के अलावा कुछ सूझता भी नहीं है।

"अमिता! अब कोई भी आये, तुम मम्मी को बिस्तर से उठने मत देना, अपनी कोर्स की कोई किताब लेकर उनके पास बैठी रहना, चाहो तो भीतर से दरवाज़ा भी बन्द कर लेना, अब कोई भी आयेगा तो मैं देख लूँगी," मैंने गम्भीर स्वर में कहा।

उन लोगों को भीतर भेजकर मैं पेपर लेकर कुर्सी पर बैठ गयी। दरवाज़ा मैंने जानबूझकर खुला रखा, ताकि घण्टी की आवाज़ से भाभी डिस्टर्ब न हों। कोई पाँच के क़रीब दरवाज़ा के पास आवाज़ें सुनाई दीं। मैंने झाँककर देखा–आठ–दस महिलाओं का दल दरवाज़ा खोलकर भीतर आ रहा था। यही वह सत्संग ग्रुप होगा, जिसके बारे में अमिता ने कहा था। मैं उठकर खड़ी हो गयी और उन लोगों को आदरसहित स्थान ग्रहण करवाकर, मैंने क्षमायाचना के स्वर में कहा, "भाभी की तबीयत ठीक नहीं है, बुख़ार भी है और बीपी भी बढ़ा हुआ है। डॉक्टर ने आराम करने को कहा है, बोलने को भी मना किया है।"

उन लोगों ने क्षणभर एक–दूसरे की ओर देखा फिर एक ने कहा, "बीपी–वीपी तो क्या, थकान उतर रही है। बेचारी एक दो नहीं, पूरे सत्रह साल रपटती रही है, अब थोड़ी चैन की साँस ले पायेगी।"

मैंने तड़पकर कहा, "भाभी, थकान से नहीं, दुःख से निढाल हो रही

हैं, सन्तान की मृत्यु किसी भी माँ के लिए दुःखदायी ही होती है। और जो बच्चा शारीरिक या आर्थिक रूप से कमज़ोर होता है, माँ की ममता उस पर कुछ ज़्यादा ही होती है।'' मेरे वक्तव्य के बाद कमरे में क्षणभर को मौन छा गया। फ़िर एक प्रश्न आया, ''आप?''

''मैं, अमिता की बुआ हूँ, कानपुर से आयी हूँ,'' मैंने उनके दूसरे सम्भावित प्रश्न का भी उत्तर दे दिया।

''और लोग भी आये होंगे?''

''हाँ, कुछ आकर चले गये। कुछ आते जा रहे हैं। मेरा छोटा भाई तो अमेरिका में है। भाभी के भाई आये थे, उनकी माँ बूढ़ी हैं। बिस्तर से लगी हैं, तो दोनों एक साथ घर नहीं छोड़ सकते।''

अब इन लोगों को क्या बताती कि रिश्तेदारों ने इस हादसे को हादसे की तरह लिया ही नहीं है। वे तो ऐसी राहत की मुद्रा में आ गये हैं, जैसे इतने दिनों तक वे ही सब झेलते रहे हैं। ख़ुद मेरे पति मुझसे कहते रहे कि चलो चलें। अब यहाँ रुककर क्या करोगी। पर मैंने साफ़ कह दिया कि भाभी को इस हालत में अकेले छोड़कर मैं नहीं जा सकती।

''अमिता एकदम आप पर गयी है,'' जैसे किसी को एकदम ईश्वरीय ज्ञान हो गया हो–देखकर ही पता चल जाता है कि बुआ–भतीजी हैं।

''एक ही ख़ून है न, समानता तो होगी ही,'' मैंने नम्रतापूर्वक कहा।

''चलो एक बात अच्छी हो गयी, अमिता का रास्ता साफ़ हो गया।''

''मतलब?''

''अब उसकी शादी में कोई अड़चन नहीं आयेगी।''

''शादी?, अमिता की? अभी तो बारहवीं की परीक्षा दे रही है,'' मैंने कहा।

''सो तो दे रही है, पर कभी–न–कभी शादी तो होगी न, आप नहीं जानतीं घर में एकाध बच्चा ऐसा हो तो लोग बिदक जाते हैं। वरुण के समय देखा नहीं था, कितनी मुश्किल आयी थी।'' दूसरी ने कहा, ''वह तो अच्छा हुआ उसने लव मैरिज कर ली। नहीं तो ढंग के रिश्ते ही नहीं आ रहे थे। इतना हैंडसम इंजीनियर लड़का महीना लाख रुपया कमाने वाला, पर लड़कीवालों के आँख में चढ़ता ही नहीं था। एक–दो जगह तो मैंने भी बात की थी, पर उन लोगों को यही डर था कि माँ–बाप के बाद यह ज़िम्मेदारी बेटे–बहू के गले ही पड़ जायेगी।''

मैं कहने वाली थी कि भाभी अभी सिर्फ़ पचास की हैं और भैया पचपन के। तभी किसी को याद आया, ''वरुण नहीं आया?''

''आया था, तीसरी करके चला गया। बहू के पूरे दिन चल रहे हैं।''

''अब तो शायद तेरहवीं पर ही आयेगा।''

मेरे जवाब देने से पहले ही एक जिज्ञासा हुई, ''तेरहवीं करेंगे क्या? कुँआरी कन्या की तेरहवीं होती है क्या?''

''क्यों नहीं होती?'' दूसरी ने तुरन्त कहा, ''इन्सान की जान गयी है, कोई चींटी थोड़े ही मरी है। लोग तो अपने पालतू कुत्ते का भी श्राद्ध करते हैं।'' फिर वे कुत्तों के श्राद्ध के क़िस्से सुनाने लगीं। मैंने उस अप्रिय प्रसंग को विराम देते हुए कहा, ''भैया ने पण्डितजी से पूछा है। वे जैसा कहेंगे, करेंगे।''

''बहू तो शायद तेरहवीं पर भी नहीं आ पायेगी?''

''सम्भव ही नहीं है," मैंने कहा। मैंने उन्हें यह नहीं बताया कि बहू की माँ ने पूरे नौ महीने उसे इधर झाँकने भी नहीं दिया है। उन्हें डर था कि गर्भवती कन्या पर सविता की छाया पड़ गयी, तो बच्चे में खोट पैदा होगी।

''बहू की डिलीवरी?''

''मायके में ही होगी," मैंने उनकी शंका का समाधान किया। भाभी की वैसे भी स्थिति नहीं थी। अब तो मनोस्थिति भी नहीं है।

''आप देखना, वरुण के यहाँ भी बेटी ही पैदा होगी?'' एक ने दावे के साथ कहा।

''कैसे पता?'' सबने एक स्वर में पूछा।

''ये जो गयी है न, उसने न कुछ देखा, न सुना। जैसे आयी थी, वैसे ही चली गयी। सारी इच्छाएँ यहीं छोड़कर गयी होगी, वापस ज़रूर आयेगी।''

''बेटी हो या बेटा, भगवान जो भी दे, साबुत हाथ–पाँव और साबुत दिमाग़ के साथ दे,'' एक ने दार्शनिक स्वर में कामना की।

''उसके पीरियड्स तो आवे होंगे न?'' एक प्रश्न।

''ऐसे बच्चों का न ऑपरेशन कर देवे हैं,'' एक समाधान अच्छा हुआ, उसी समय ताराबाई बाहर आयी और मैं उत्तर देने के धर्मसंकट से बच गयी। अपने पीछे दरवाज़े को धीरे–से धकेलते हुए वह बोली, ''मैं निकलती हूँ बुआ जी, सब तैयार करके रख दिया है, सुबह आ जाऊँगी।''

''आराम से आना, कोई हड़बड़ी नहीं है।''

उसके जाने के बाद एक ने पूछा, ''यह तो सविता की आया है न, अब भी आती है?''

''अब तो वह हम सबकी आया बनी हुई है,'' मैंने फीकी हँसी हँसते हुए कहा, ''इस समय वही घर सँभाल रही है। भाभी तो एकदम टूट गयी हैं, और मुझे आने–जाने वालों के पास बैठना पड़ता है।''

''आप तो अभी रहोगी न?'' एक ने पूछा।

''हाँ, इन लोगों के सेटल होने तक कुछ दिन तो रहूँगी।''

''आप न, जाते समय भाभी को साथ ले जाना,'' दूसरी ने सुझाव दिया, ''उन्हें थोड़े बदलाव की बहुत ज़रूरत है।''

''सोच तो रही हूँ, पर मुझे नहीं लगता भाभी राजी होंगी। अमिता का बारहवीं का साल है, उसकी पढ़ाई पहले ही बहुत डिस्टर्ब हो रही है।''

''अकेली लड़की को घर में छोड़ना भी नहीं है,'' तीसरी ने अधिकार वाणी से कहा, ''डर जायेगी बेचारी। जवान मौत बहुत बुरी होती है। साया मँडराता रहता है। भाईसाहब से बोलिए, पण्डितजी कहें न कहें, छोटा–मोटा हवन करवा लें और शान्ति पाठ भी। मौत वाले घर में शान्ति पाठ बहुत ज़रूरी है, नहीं तो अनिष्ट आत्मा फेरा लगाती रहती है।''

उनकी बात पूरी भी न हो पायी थी कि भीतर का दरवाज़ा भड़ाक से खुला। दरवाज़े में भाभी खड़ी थीं। बिखरे बाल, रो–रोकर सूजी हुई आँखें, थर–थर काँपता शरीर। मैंने लपककर उन्हें थाम लिया और चौंक पड़ी। मैंने तो झूठ–मूठ कह दिया था कि भाभी को बुख़ार है, पर उनका शरीर तप रहा था–सचमुच।

मैंने स्वर को यथाशीघ्र कठोर बनाते हुए कहा, ''भाभी, आपसे बिस्तर से उठने के लिए मना किया था न, फिर आप बाहर क्यों आयीं।''

''ये, जो मेरी सखियाँ आयी हैं, मेरा दुःख बाँटने, मुझे तसल्ली देने, उनका धन्यवाद भी न करूँ मैं?'' उनकी आवाज में एक अजीब–सी तड़प थी। और बोलते–बोलते बुक्का फाड़कर रो पड़ीं वे। उनका वह आक्रोश। उफ़!

उनका वह आक्रोश इतना करुण, इतना हृदयविदारक था कि लग रहा था कि जैसे सविता की अरथी अभी–अभी उठी हो।

मैं चुनौती हूँ, पनौती नहीं

मैं चाय पी रही थी कि ईशा ऑफ़िस से लौटी। ''मैं जल्दी आ गयी हूँ या तुम लेट चाय पी रही हो?'' उसने पूछा।

''तुम तो समय से ही आयी हो, यह मेरी तीसरी चाय है।''

''क्यों?''

''ऐसे ही। थकान–सी लग रही थी। चलो, तुम फ्रेश हो लो। तब तक तुम्हारे लिए चाय बनाती हूँ।''

''मैं बना लूँगी। तुम बैठी रहो।''

''अब बना ही रही हो तो पापा की भी बना लेना।'' मैंने उसके लिए प्लेट लगाते हुए कहा। दीदी ने साथ में ढेर–सी मिठाई बाँध दी थी।

''शादी कैसी रही?'' चाय छानते हुए उसने पूछा, ''सुबह आप लोग आये, तब मैं जाने की जल्दी में थी। पूछ नहीं पायी।''

''शादी अच्छी रही। रॉयल शादी थी। दोनों भाइयों ने मिलकर पानी की तरह पैसा बहाया था, तो शादी अच्छी ही होनी थी।''

''सोनाली कैसी लग रही थी?''

''दस हज़ार के ब्राइडल और चालीस हज़ार के लहँगे के साथ कोई भी लड़की सुन्दर ही लगेगी।''

''दूल्हा कैसा है?''

''मुझे सोनाली से तो इक्कीस ही लगा। देखने में भी और क्वालिफ़िकेशन में भी। जीजाजी ने जमकर दहेज दिया है, तभी तो ऐसा हीरे जैसा दामाद जुटा पाये हैं।''

''आजकल तो शादियों में कुछ करने को होता नहीं है, सारा काम कैटरर्स करते हैं। फिर तुम इतनी थकी–सी क्यों लग रही हो?''

''वहाँ तो इससे भी एक क़दम आगे वाली बात थी। एक तो इतना महँगा

रिसॉर्ट, फिर सब काम इवेंट मैनेजमेंट के ज़िम्मे था। सिर्फ़ दूल्हा–दुल्हन और गहने–कपड़े हमारे थे। बाक़ी सारी व्यवस्था उनकी थी। मैंने तो पहली बार ऐसी शादी देखी। फूलमालाएँ, बैंडबाजे, पालकी, कहार, घोड़ा, शहनाई, फ़ोटोग्राफ़र, स्टेज, आतिशबाज़ी, सब व्यवस्था इवेंट वालों की थी। खाना भी बहुत अच्छा था। नाश्ता भी हर बार नया था। अलग–अलग प्रान्तों का था। आख़िरी शादी थी न, जीजाजी ने दिल खोलकर पैसा ख़र्च किया था।''

''जिनके पास है, उन्हें ख़र्च करना ही चाहिए। इसी बहाने लोगों को रोज़गार मिलता है। इतनी सुन्दर शादी हुई है और तुम क्यों इतनी थकी–थकी सी लग रही हो?''

''सच कहूँ, आजकल शादी ही क्यों, कहीं भी जाने का मन नहीं होता।''

''क्यों?''

''अरे, हर जगह गहनों–कपड़ों की नुमाइश होती है। ऐसे में अपने अभाव और उभरकर सामने आते हैं।''

''माँ, तुम्हीं तो हम लोगों को बचपन से सिखाती रही हो कि अपने पास जो भी है, उस पर गर्व करना चाहिए। कभी मन में कॉम्प्लेक्स लाना नहीं चाहिए और अब तुम खुद...''

''कहने के लिए ये बातें ठीक लगती हैं, पर व्यवहार में लाना बहुत कठिन है। ख़ासकर जब कोई सामने से टोक दे। इस बार तो तुम्हारी दोनों छोटी मौसियाँ हाथ धोकर पीछे पड़ गयीं, 'दीदी, यह क्या बाबा आदम के ज़माने की बनारसी साड़ी पहन लेती हो। आजकल कोई पहनता भी है। अब तो बस डिज़ाइनर साड़ियों का चलन है।' दोनों कहकर भी चुप नहीं हुईं। कसमें दे–देकर पूनम ने रिसेप्शन में अपनी साड़ी पहनायी और नीलम ने अपना सेट दिया। सच, इतना बुरा लगा और शर्म भी आयी।''

वह प्रसंग याद करके ही मेरा गला भर आया, मैं चुप हो गयी। थोड़ी देर बाद उसाँस भरकर मैंने कहा, ''सिर्फ़ गहनों, कपड़ों की बात नहीं है रे। घर में शादी लायक बच्चे होते हैं तो लोग उसके बारे में भी पूछते हैं। अब शुभम की शादी को ही ले लो। मुझे ऐसी डाँट पड़ी है कि क्या बताऊँ। बड़े भैया और दीदी ने ख़ूब लताड़ा है मुझको।''

''उन लोगों को बुला लेना था।''

"सिर्फ़ तुम्हारे मामा–मौसी ही तो नहीं हैं–रिश्तेदार और भी हैं। तुम्हारी बुआ हैं, दूर के सही, चाचा हैं, सबको बुलाना पड़ता। फिर सबको कहाँ सुलाती, कहाँ बिठाती, क्या खिलाती, बताओ। सबसे बड़ी बात, जाते समय नेग–स्वरूप हाथ में क्या रखती?"

ईशा कुछ कहने को हुई कि बाहर का दरवाज़ा खुला और ये भीतर आये। हम दोनों चुप हो गयीं। ये कुछ देर तक हमें घूरते रहे, फिर बोले, "क्या हो गया? कौन मर गया?"

"कभी तो अच्छी बात किया कीजिए।" मैंने गुस्से में कहा।

"तुम दोनों ऐसी शोकमग्न मुद्रा में बैठी थीं कि मुझे लगा..."

ईशा एकदम बोल उठी, "मम्मी को दुःख हो रहा है कि शुभम की शादी में किसी को बुला नहीं सके। वहाँ नासिक में सबने माँ को ख़ूब डाँट लगायी।"

"तो बुला लेतीं न। मना किसने किया था?"

"बुलाकर क्या अपनी हँसी करवातीं? शादियाँ कैसी होती हैं, देखकर आ रहे हैं न?"

"हमने तो कहा था शहज़ादे से कि थोड़ा रुक जाओ। हालत ज़रा सँभलने दो, पर उन्हें तो जल्दी पड़ी थी। बहन तक के लिए रुकने को तैयार नहीं थे।"

"कब तक रुकता, किस आशा पर रुकता? उसने कोई बाल विवाह तो नहीं किया है। अट्ठाईस साल की उम्र में शादी की है। और वह बेचारा तो रुक भी जाता, पर लड़कीवाले कब तक सब्र करते। वे तो बराबर दबाव बना रहे थे। लड़कीवालों को फ़िक्र होती ही है। सब लोग हमारी तरह थोड़े ही होते हैं कि हाथ पर हाथ धरे बैठे रहें।"

"तो अब तीस साल की लड़की के लिए मैं लड़का ढूँढ़ने जाऊँगा।"

"तीस साल की एकदम तो नहीं हो गयी।"

"प्लीज़–प्लीज़!" ईशा ने दोनों हाथ जोड़कर कहा, "आप लोग मेरी शादी को लेकर लड़ाई मत कीजिए। मेरी शादी का ख़याल मन से निकाल दीजिए। क्योंकि मैंने वह अध्याय ही बन्द कर दिया है।" कहते हुए वह अपने कमरे में चली गयी और उसने दरवाज़ा बन्द कर लिया।

"वाह, कितनी ख़ुशी की बात है, आपके पैसे बच गये! चलिए, रिलेक्स हो जाइए।"

"पैसे पास में होंगे तो बचेंगे न। तुम तो ऐसी पनौती बनकर आयी हो कि एकदम ठनठन गोपाल हो गया हूँ।"

"क्या कहा आपने?"

"वही जो अम्माँ, ताई, चाची, बुआ वग़ैरह कहती रही हैं।"

"क्या कहती रही हैं?"

"यही कि अनुपम की बहू दरिद्दर साथ लेकर आयी है। ऐसे पैर पड़े हैं कि लक्ष्मीजी इस घर से रूठ गयी हैं।"

"उन्होंने कहा और आपने सुन लिया?"

"तो क्या करता? झूठ थोड़े ही था वह।" और वे कमरे में चले गये।

मैं दोनों हाथों में सिर दिये देर तक वहीं बैठी रही।

शाम को बेमन से ही सही, खाना बनाना पड़ा और खाना भी पड़ा। ईशा तो मुँह जुठारकर उठ गयी थी, पर एक रोटी लिए मैं बैठी रही। पहले उठ जाने से ये अपने को बहुत अपमानित महसूस करते हैं, इसलिए बैठना पड़ता है। ये अपना पूरा कोटा ख़त्म करके ही उठे।

इनके उठ जाने के बाद मैंने रसोई समेटी, थोड़ा सुबह के खाने की तैयारी कर ली और फिर टेबल पर आकर बैठ गयी। कमरे में जाने का मन ही नहीं हो रहा था। जानती थी, इन्हें मेरी प्रतीक्षा होगी। चार–पाँच दिन प्रवास में जो निकल गये थे। पत्नी की इच्छा–अनिच्छा की इन्होंने कभी परवाह नहीं की थी।

वे दो बार चक्कर लगा गये। फिर सामने आकर खड़े हो गये, "आज सोने का इरादा नहीं है क्या?"

"नींद नहीं आ रही है।"

"क्यों?"

"बिटिया की बात याद करके छाती फटी जा रही है। कितनी हताशा में उसने यह बात कही होगी कि मैंने शादी का अध्याय बन्द कर दिया है। इकलौते भाई की शादी देख ली होगी न। कैसी भिखमंगों की सी शादी हुई है। वह तो भला हो शुभम् के ससुरालवालों का, जो एक रिसेप्शन दे दिया। कम–से–कम अपने चार लोगों को बुलाकर वहाँ खिला तो सके। नहीं तो अपनी तो कोई औक़ात ही नहीं थी।"

"अब जो भी राग अलापना है, कमरे में चलकर अलापो। लड़की सुन लेगी। घर है कि कबूतरख़ाना। एक कमरे में साँस लो तो दूसरे में सुनाई देती है।"

मजबूरन उठना ही पड़ा। बिटिया की बात से भी ज़्यादा दुःखी थी मैं उसके पापा की बातों से। वह 'पनौती' शब्द कानों में हथौड़े की तरह बज रहा था। ऐसा भी नहीं है कि यह शब्द मैंने पहली बार सुना हो। परिवार का महिला मण्डल पीठ पीछे ही सही, कई बार मुझे इस विशेषण से नवाज़ चुका है। पर इन्होंने आज तक कभी मुझे इस तरह कोसा नहीं था। पर जिस आन्तरिकता के साथ उन्होंने यह बात कही, उससे लगा कि यह बात उनके मन में अरसे से घुमड़ रही थी। आज बाहर आयी है।

क्या उन्हें यह याद नहीं रहा कि पिछले छह–सात वर्षों से मैं और ईशा इस घर को ओट रहे हैं। नहीं तो कब का ढह गया होता। कभी पता ही नहीं चला कि ये किस तरह का बिज़नेस कर रहे हैं और उसमें कैसा घाटा हो रहा है? मन–ही–मन मैं बाबूजी को बराबर धन्यवाद देती हूँ कि उन्होंने मुझे नौकरी करने के लिए उकसाया। कहते, 'तुम चाहे लखपति हो या करोड़पति, तुम्हें नौकरी करनी है, नहीं तो तुम्हारी विद्या में जंग लग जायेगी। तुम्हारा आत्मविश्वास टूट जायेगा। तुम किटी पार्टीज़ के लिए नहीं बनी हो।'

नौकरी मैंने देर से शुरू की, दोनों बच्चों के जन्म के बाद। सौभाग्य से एक स्थानीय कॉलेज में जॉब मिल गया। सरकारी नौकरी में ट्रांसफर का चक्कर होता है। यहाँ कोई ख़तरा नहीं है। वेतन ज़रूर कम है, पर इस समय वही बड़ा सहारा है। दोनों बच्चों को मैंने अपने बलबूते पर पढ़ाया। बाहर जाने के लिए शुभम को स्कॉलरशिप मिली थी, पर उससे पूरा थोड़े ही पड़ता है। मुझे लोन लेना पड़ा। अब वह धीरे–धीरे चुका रहा है। मैंने उसकी शादी के बाद उससे कह दिया कि अब इधर की चिन्ता मत करो। लोन चुकाओ और घरबार देखो।

ईशा को शायद इसी बात का टेंशन रहा होगा। शादी के बाद शुभम का हाथ रुक गया है। कल को उसकी भी शादी हो गयी तो इस घर का क्या होगा?

अपनी ही सोच में डूबी मैं पता नहीं कितनी देर बुत बनी बैठी हुई थी कि सन्नाटे को भेदता इनका स्वर उभरा, "अच्छा होता अगर तुम उस कंगले के साथ चली जातीं।"

"कौन कंगला?"

"वही जो अभी शादी में मिला था। बृजमोहन या मनमोहन क्या नाम है उसका।"

"वह आदमी आपको कंगला नज़र आता है? जानते हैं, उसका मुम्बई में पाँच बेडरूम का फ़्लैट है, पूना में बँगला है, नासिक के पास फार्महाउस है और जिस रिसोर्ट में सोनाली की शादी हुई है, वह उसी की मेहरबानी से मिला है। वह लाइफ़ मेम्बर हैं वहाँ का।"

"होगा, आज वह धन्नासेठ होगा। पर जिस समय तुम्हारा हाथ माँगने आया था, तब तो कंगला ही था न।"

"यह आपको किसने बताया?"

"तुम्हारे जीजाजी ने।"

"तो सुनिए, वह हमारे यहाँ कभी नहीं आया था। जीजाजी का फुफेरा भाई है। इसलिए वह प्रस्ताव लेकर आये थे। पर उस समय उन लोगों की हालत बहुत खस्ता थी। दो भाई पढ़ने वाले थे। एक बहन ब्याहने को थी। पिता थे नहीं। इसलिए बाबूजी ने इनकार कर दिया।"

"हाँ, तुम्हारे बाबूजी ने कहा था कि ऐसे फटीचर लोगों की बरात मेरे दरवाज़े नहीं आयेगी।"

"तो जीजाजी ने आपको यह भी बता दिया?"

"समझ गयी, जीजाजी बाबूजी की बात को मन में लेकर बैठ गये होंगे। आज इतने सालों बाद जब स्थितियाँ पलट गयी हैं तो उन्हें अपनी खुन्नस निकालने का अच्छा मौक़ा मिल गया। उनकी बात से इन्हें मुझे कोसने का अच्छा अवसर मिल गया। अब ये अपनी सारी हताशा मुझ पर उड़ेल रहे थे।"

"बाबूजी ने सचमुच मेरे साथ बहुत बड़ा अन्याय किया। उसके घर ब्याही जाती तो कोई ख़ास फ़र्क़ नहीं पड़ता। कड़का था, थोड़ा और कड़का हो जाता बस। पर यहाँ तो मैं पूरी तरह बरबाद ही हो गया न। वह आदमी मिट्टी से सोना निकाल रहा है और यहाँ सोना भी मिट्टी हुआ जा रहा है। उसका हर बिज़नेस फल–फूल रहा है और यहाँ घाटे का रिकॉर्ड बन रहा है। वह हर शहर में बँगले बना रहा है, फार्महाउस ख़रीद रहा है और यहाँ ज़मीन बिक गयी। तुम्हारी कृपा से बँगला भी गिरवी पड़ा हुआ है। इस दड़बे में गुज़ारा कर रहा हूँ। किसी को घर बुलाते भी शर्म आती है। पता नहीं क्यों तुम्हारे बाबूजी ने मेरे साथ ये नाइन्साफ़ी की। मुझे कहीं का नहीं छोड़ा।"

वे अनवरत बोले जा रहे थे। उनका प्रलाप सुनकर मुझे तो डर लगा

कि कहीं इन्हें दौरा तो नहीं पड़ा है। मैं सुन रही थी और रो रही थी। इनके जाने के बाद भी मेरे आँसू जारी थे। मैंने उन्हें रोकने की भी कोशिश नहीं की। मैं अब मन–ही–मन जीजाजी को कोस रही थी कि उन्होंने पता नहीं मुझसे किस जन्म की दुश्मनी निकाली थी। पता नहीं, पति नाम के इस शख़्स को क्या–क्या बताया है कि वह अब ईर्ष्या में जल–भुनकर ख़ाक हो रहा है।

सुबह नींद ज़रा देर से ही खुली। किचन में जाकर देखा, केतली में चाय बनी रखी थी और सिंक में दो कप थे। मतलब ईशा चाय पीकर नहाने चली गयी है और उसके पापा रोज़ की तरह मॉर्निंग वॉक पर निकल गये हैं। चाय पीकर मैंने नाश्ता बनाया, अपना और ईशा का टिफ़िन तैयार किया और इनके लिए सब्ज़ी छौंक दी। गायत्री दोपहर में गरम रोटी उतार देती है।

ईशा तैयार होकर बाहर आयी। बोली, ''तुम्हारी आँखें क्यों सूजी हुई हैं। रोयी थीं या सोयी नहीं?''

''दोनों ही समझ लो।''

''क्यों, अब क्या हो गया?''

''तुम्हारे पापा ने रातभर मुझे सोने नहीं दिया। पूरे समय मुझे कोसते रहे कि मैंने उन्हें बरबाद कर दिया, तबाह कर दिया, मैं उनके जीवन में पनौती बनकर आयी हूँ। मेरे पैर घर में पड़ते ही लक्ष्मी रूठकर चली गयी। और भी न जाने क्या–क्या?''

''वे कहते रहे और तुम सुनती रहीं?''

''तो और क्या करती? जो सच है, उसे तो स्वीकार ही करना पड़ता है न।''

''यह कौन–सा सच है? और तुम ऐसी बातों पर विश्वास करती हो?''

''विश्वास करना पड़ता है, बेटा! प्रत्यक्ष प्रमाण सामने जो है। जब मेरी शादी हुई थी तो इन लोगों की गणना रईसों में होती थी। चारों बहनों में सबसे ऊँचा घर मेरा था। बहनें रश्क़ करती थीं और अब देख लो।''

''पर इसमें तुम्हारा क्या दोष है? दादाजी ने जो साम्राज्य खड़ा किया था, उसे उनके सुपुत्र सँभाल नहीं पाये, यह तुम्हारी ग़लती थोड़े ही है। यह इक्कीसवीं सदी है ममा, ऐसे दकियानूसी ढंग से मत सोचो। तुम चुपचाप सुन लेती हो, इसीलिए सामने वाले का हौसला बढ़ जाता है।

अपनी नाकामयाबियों के लिए वे तुम्हें ज़िम्मेदार ठहरा रहे हैं। इस इल्ज़ाम का जवाब दो। जवाब दो और जवाब माँगो।''

ईशा नाश्ता समाप्त कर उठ ही रही थी कि उसके पिताश्री आ गये। मैंने उनका भी नाश्ता लगा दिया। उनके टेबल पर आते ही ईशा बोली, ''पापा, आपने मम्मी की आँखें देखीं?''

''रोज़ देखता हूँ।''

''नहीं, आज देखिए, ग़ौर से देखिए। वे सूजी हुई हैं। मम्मी रातभर रोती रही हैं।''

''तो?''

''तो क्या? आपने उन्हें रुलाया है। पापा, आप ऐसा क्यों कर रहे हैं? अपना फ्रस्ट्रेशन मम्मी पर क्यों उतार रहे हैं। अपनी असफलताओं के लिए उन्हें क्यों दोष दे रहे हैं?''

इनका चेहरा एकदम लाल हो गया। ''बाप से बात करने का यह तरीक़ा होता है?''

''बाप से कैसे बात की जाती है, यह जानने का कभी मौक़ा ही नहीं मिला न। आपसे तो कभी संवाद ही नहीं था। जब से होश सँभाला, सामने मम्मी को ही देखा है। हम बीमार होते थे तो वही डॉक्टर के पास दौड़ी जाती थीं। हमारी एडमिशंस के लिए वे ही स्कूल–स्कूल भटकती थीं। हमारी ट्यूशन के लिए उन्होंने ही कोचिंग के दरवाज़े खटखटाये। हमारी प्रोग्रेस बुक्स वे ही साइन करती थीं। पैरेंट्स टीचर मीट वे ही अटेंड करती थीं। यहाँ तक कि शुभम को कॉलेज हॉस्टल छोड़ने मम्मी ही जबलपुर गयी थीं, आप तो पिक्चर में कहीं नहीं थे।''

मैं तो डर गयी। यह लड़की क्या कर रही है। क्यों उनसे पंगा ले रही है। भड़क गये तो ख़ैर नहीं है।

आश्चर्य! वे भड़के नहीं। बड़ी विद्रूप–सी हँसी हँसे और कसैले स्वर में बोले, ''अच्छा, इतनी स्मार्ट हैं तुम्हारी मम्मी तो तुम्हारी शादी क्यों नहीं हुई अब तक। तीस साल की उम्र तक अनब्याही क्यों बैठी रहीं?''

मैं तिलमिला उठी। यह शादी बीच में कहाँ से आ गयी। जले पर नमक छिड़कना अच्छी बात है। पर ईशा ने बिल्कुल भी बुरा नहीं माना। एक–एक शब्द पर ज़ोर देते हुए शान्त स्वर में बोली, ''वह इसलिए पापा, कि हिन्दुस्तान में लड़केवाले चाहते हैं कि लड़की का बाप अगर ज़िन्दा है तो वही आकर बात करे।''

"बदतमीज़ लड़की?" वे एकदम भड़क उठे।

नाश्ते की प्लेट परे फेंककर वे एकदम खड़े हो गये। वे ईशा की ओर झपटे ही थे कि मैंने उनका हाथ थाम लिया। "क्या कर रहे हैं, जवान लड़की पर हाथ उठा रहे हैं?"

"करने दो मम्मी! बाप होने का कुछ तो फ़र्ज़ अदा करने दो।"

"निकल जा मेरे घर से, अभी, इसी वक़्त! दफ़ा हो जा।" वे ज़ोर से चीख़े। मैंने हाथ पकड़ रखा था, इसलिए चीख़ने के सिवा और कुछ कर नहीं पाये।

ईशा ने शान्त भाव से कुरसी की पीठ पर रखा अपना पर्स उठाया और बाय मम्मी कहते हुए चल पड़ी। मैं जैसे तन्द्रा से जागी, "बेटा।" टिफ़िन लेकर उसके पीछे–पीछे गयी, तब तक वह अपनी एक्टिवा पर बैठकर फुर्र हो चुकी थी।

मैं पत्थर बनी दरवाज़े पर कुछ देर खड़ी रही। फिर कुरसी पर आकर बैठ गयी। रात के रुके हुए आँसू फिर एक बार बहने लगे। कुछ देर बाद ये सामने आकर खड़े हो गये–"इतना मातम करने की ज़रूरत नहीं है। कमाऊ लड़की है, कैंटीन में खा लेगी।"

इतना गुस्सा आया मुझे, यह आदमी है कि पत्थर! कोई भी व्यक्ति इतना संवेदनशून्य कैसे हो सकता है। उस व्यक्ति के प्रति एकदम इतना तिरस्कार जागा मन में कि बात करने की इच्छा नहीं हुई। तैयार होकर जब निकली तो रोज़ की तरह उनसे यह भी नहीं कहा कि निकल रही हूँ। आप खाना खा लेना।

आधे रास्ते में याद आया कि टिफ़िन भूल आयी हूँ। कॉलेज पहुँचकर गायत्री को फ़ोन कर दिया कि दोनों टिफिन खाली करके ख़ाना फ्रिज़ में रख देना। अच्छा था कि शनिवार था। बच्चों की छुट्टी थी तो पढ़ाने का टेंशन नहीं था। पर शनिवार को प्रिंसिपल मैडम इतने सारे फ़ालतू काम निकाल देती हैं कि तबीयत पस्त हो जाती है। स्टाफ़ को मुफ़्त में वेतन देना मैनेजमेंट को रास नहीं आता शायद।

घर लौटी तो शरीर और मन दोनों से निढाल हो चुकी थी। खाने की प्लानिंग कर रही थी कि याद आया, सुबह के सब्ज़ी–पराँठे रखे तो हैं। दाल–चावल गरम बना लूँगी। फिर मैंने दो कप अच्छी चाय पी और थोड़ी देर जाकर लेट गयी। मुझे आराम की सख़्त ज़रूरत थी।

शाम को किचन में गयी, तभी ईशा काम से लौटी। बोली, ''मम्मा, मेरा खाना मत बनाना, मुझे भूख नहीं है।''

समझ गयी कि सुबह की बात पर नाराज़ है। सोच लिया कि अभी कुछ नहीं कहूँगी, बाद में चुपचाप कमरे में खाना दे आऊँगी। कहूँगी कि 'अन्न पर गुस्सा नहीं निकालते। पाप लगता है।'

हम लोग खाने बैठे तो इन्होंने कहा, ''तुम्हारी लाड़ली अभी तक लौटी नहीं क्या?''

''उसे भूख नहीं है?''

उन्होंने थाली की ओर देखा और बोले, ''आज बासी ईद है कि बासी दशहरा।''

''सुबह की ही तो सब्ज़ी है। इसे बासी नहीं कहते।''

''हमारे यहाँ तो कहते हैं। मैं समझ गया, तुम्हारी लाड़ली को भूख क्यों नहीं है। खाना देखकर ही भाग गयी होगी। कहीं ऐसा तो नहीं कि बिटिया को भूख नहीं है, इसलिए तुमने कुछ बनाने की ज़हमत नहीं उठायी।''

''गरम दाल–चावल बनाये तो हैं।''

''तो मुझे बस वही देना।''

मैंने निर्विकार भाव से उन्हें दाल–चावल परोस दिये। यह नहीं कहा कि रुकिए, अभी गरम फुलके उतार देती हूँ। अपने व्यवहार पर मुझे ख़ुद आश्चर्य हो रहा था। हमने बस शुरू ही किया था कि दरवाज़े की घण्टी बजी। मैं उठने को थी कि ईशा कमरे से निकली, ''मम्मी, तुम रुको, मैं देखती हूँ।''

वह भीतर आयी तो उसके हाथ में कागज़ का बड़ा–सा डिब्बा था। समझ गयी, पिज्जा मँगवाया होगा। मन–ही–मन ख़ुशी भी हुई, लड़की भूखी नहीं रहेगी। लेकिन ये तुनक गये। ''दाल–रोटी की भूख नहीं है रानीजी को, पिज्जा खायेंगी।''

मुझे ताव आ गया, ''यह सब आपकी ही मेहरबानी है। सुबह वह टिफ़िन छोड़कर चली गयी थी। अब बाज़ार से मँगवाकर खा रही है। इसका कारण जानते हैं न। सुबह आपने उसे घर से निकल जाने के लिए कहा था। कौन खुद्दार लड़की इसके बाद घर पर खाना खायेगी?''

''इतनी नाकवाली है तो चली जाये न और कहीं। यहाँ क्यों डटी हुई है?''

उसी समय ईशा शायद पानी लेने के लिए बाहर आयी। मुझे डर हुआ,

कहीं उसने पापा की बात सुन ता नहीं ली। मेरा डर सच निकला। फ्रिज में से बोतल निकालकर वह टेबल के सामने आ खड़ी हुई और बोली, "चिन्ता मत कीजिए पापा। जल्दी ही चली जाऊँगी, पर वो क्या है न कि मकान हाट–बाज़ार में नहीं मिलते। ढूँढ़ने पड़ते हैं। ढंग का मकान मिलते ही आपका घर खाली कर दूँगी। इतमीनान रखिए।" तभी वह कमरे में चली गयी और दरवाज़ा बन्द कर लिया।

"ये संस्कार दिये हैं तुमने," ये दाँत पीसकर बोले, "लड़की हर बात की तुर्की–बतुर्की जवाब दे रही है।"

"जवान लड़की को घर से निकालना कौन से संस्कारों में आता है?"

"अब तुम मुझे संस्कार सिखाओगी?" ये थाली सरकाकर उठ खड़े हुए और सीधे अपने कमरे में चले गये।

और कोई दिन होता तो मैं भी रोते–कलपते उठ जाती, उन्हें मनाकर थाली पर ले आती। मनुहार करके खिलाती, पर मैंने आज ऐसा कुछ नहीं किया। मैं मज़े से बैठकर खाना खाती रही। मुझे सचमुच ज़ोरों की भूख लग आयी थी। कल रात कलह–क्लेश के मारे ठीक से खाया नहीं गया था। आज तो दिनभर उपवास ही हो गया था।

मुझे इतना गुस्सा आ रहा था। एक तो सुबह से शाम तक घर में, कॉलेज में खड़े रहो, फिर ऐन खाने के समय यह नौटंकी। चिढ़ आ रही थी मुझे। मैंने आराम से खाना खाया, इतमीनान से रसोई समेटी, एक बार बिटिया के कमरे में झाँक लिया, बीस मिनट टी.वी. देखा, फिर कमरे में प्रवेश किया। अपनी तरफ़ का बेड कवर हटाकर ये लेट गये थे। पूरा लबादा मेरी तरफ़ वाले हिस्से पर पड़ा था। उसे तहाते हुए मैंने कहा, "बेड कवर हटाने में कितनी देर लगती है। पर लोगों से वह भी नहीं होता।"

"अब मैं तुम्हारा बिस्तर लगाऊँगा?" ये तुनके।

"नहीं–नहीं, आप यह छोटा काम क्यों करेंगे? आप तो राजकुमार हैं। वह क्या कहते हैं, बिगड़े के बिदके दिल शहज़ादे।"

"क्या कहा?"

"कुछ नहीं। आप सो जाइए। मुझे नींद नहीं आ रही है। बाबूजी की याद आ रही है। बल्कि उन पर गुस्सा आ रहा है। कल आप उन्हें कोस रहे थे। आज मैं कोस रही हूँ। ब्रजमोहन का रिश्ता क्यों लौटा दिया उन्होंने। आज वहाँ होती तो राज करती, सच।

"आपने उसकी बीवी को देखा था। उफ़! क्या ठाठ थे, क्या जलवा था! हर फंक्शन पर साड़ियाँ तो ख़ैर सभी बदल रही थीं, पर ये मेमसाब हर साड़ी के साथ मैचिंग ज्वेलरी, पर्स और सैंडल्स भी बदल रही थीं। एक आया हमेशा साथ रहती थी। ट्रे में उसके कपड़े–सैट वग़ैरह रखकर लायी थी। बालों में फूल टाँकती थी। सैंडल के स्ट्रेप्स तक बाँधती थी। बिल्कुल रानी–महारानियों के से ठाठ थे उसके। और एक हम हैं, जो सुबह से शाम तक खट रहे हैं, थैंकलेस जॉब।"

"वह महिला रानी–महारानियों का सा भाग्य लेकर आयी है, तभी तो उसे भी राजा बना दिया। तुम उस घर में जातीं तो रानी क्या, नौकरानियों से भी बदतर हालत में होतीं। वह बेचारा कड़का तो था ही, तुम्हारी कृपा से और कड़का हो जाता।"

"पर कम–से–कम अपनी अकर्मण्यता का ठीकरा मेरे सिर तो न फोड़ता।"

वे एकदम उठकर बैठ गये, "क्या कहा तुमने?"

"वही जो कल ईशा ने सौम्य शब्दों में कहा था।"

"तुम्हें ज़रा भी शर्म नहीं आती?"

"शर्म, संकोच, लिहाज़ ये शब्द तो इस घर से विदा ही हो चुके हैं। न आपको पत्नी को कोसते शर्म आती है, न बेटी को घर से निकालते संकोच होता है। न बेटी बाप का लिहाज़ कर रही है। तो मैं अकेली ही सभ्यता का मुखौटा क्यों लगाये रखूँ? मुझे भी अपनी बात कहने का हक़ होना चाहिए। और अपनी बात मैं कहकर रहूँगी।"

"कौन–सी बात?" उन्होंने गुर्राकर पूछना चाहा, पर आवाज़ में दमखम नहीं था। मेरे इस अप्रत्याशित व्यवहार से वे चकित थे, विस्मय थे, किंकर्तव्यविमूढ़ थे।

ईशा ने ठीक ही कहा था। "चुपचाप सब सुन लेती हो, इसीलिए सामने वाले का हौसला बढ़ता है। जवाब देना सीखो। जवाब दो और जवाब माँगो।" उसकी बात में सचमुच दम था।

"तो अब सुनिए।" मैंने शुरू किया, "आपकी माताजी का कहना था कि मैं अपने साथ दलिद्दर लेकर आयी हूँ। शायद आप भी उस राय से इत्तिफ़ाक़ रखते हैं। तो आपको बता दूँ, मैं दलिद्दर नहीं, पन्द्रह तोला सोना और बत्तीस साल पहले वाले पचास हज़ार लेकर आयी थी। आज

उसका हिसाब माँगूँ तो क्या दे सकेंगे? वह मेरा स्त्री धन था। कानूनन उस पर मेरा हक था। पर उन पचास हज़ार में से पचास रुपये भी किसी ने मेरे हाथ पर नहीं रखे और पन्द्रह तोला सोना कहाँ ठिकाने लग गया, पता ही नहीं चला।

"अभी शुभम की शादी में बहू के लिए मुझे मंगलसूत्र ख़रीदना पड़ा। मेरी उतनी सामर्थ्य नहीं थी तो ईशा ने मेरी मदद की। आप तो विरोध की मुद्रा में तने बैठे रहे, ताकि कुछ देना न पड़े। वैसे आपसे किसी ने कुछ अपेक्षा भी नहीं की थी। आप शादी में न भी आते तो किसी को आश्चर्य नहीं होता। शायद अफ़सोस भी नहीं होता। पर आप आये, अच्छा लगा। लड़कीवालों के सामने हमारी इज़्ज़त रह गयी।

"मेरे दहेज़ वाली बात तो ख़ैर इतिहास हो गयी है। हम वर्तमान की बात करें, मैं इतने सालों से नौकरी कर रही हूँ। सारी कमाई घर में या बच्चों पर ही ख़र्च होती रही है। अपने लिए कभी ढंग की एक साड़ी भी ख़रीद नहीं पायी। मैं शिकायत नहीं कर रही, हक़ीक़त बयान कर रही हूँ। शिकायत करने की मुझे आदत नहीं है। मैं भी सम्पन्न घर से आयी थी। अभावों की मुझे भी आशा नहीं थी। पर मैंने परिस्थिति से समझौता कर लिया। चेहरे पर शिकन नहीं आने दी। अपने घर और बच्चों के लिए जो कुछ बन पड़ा, किया, कर रही हूँ। मैंने कभी नहीं चाहा कि इसके लिए कोई कृतज्ञता ज्ञापन करे या धन्यवाद प्रस्ताव पारित हो। पर कम–से–कम मुझे पनौती जैसे विशेषणों से तो न नवाज़ा जाये।

"इज़ इट टू मच टू आस्क?"

ये मुँह बाये मुझे देखते ही रह गये। ऐसे धाराप्रवाह भाषण की उन्होंने मुझसे अपेक्षा नहीं की होगी। उन्हें क्या, खुद मुझे अपने पर आश्चर्य हो रहा था। एक साथ इतना बोलने के कारण थकान तो हो आयी थी, पर बहुत हलका लग रहा था। पता नहीं, कितने दिनों से कितनी बातें मन पर बोझ बनी हुई थीं। एक साथ बाहर निकल गयीं, अच्छा लगा।

सुबह रोज़ की तरह आँख खुल गयी। मुँह–हाथ धोकर आयी तो याद आया, आज तो रविवार है। फिर लेट गयी। बगल से आवाज आयी, "आज चाय–वाय नहीं मिलेगी क्या?"

मॉर्निंग वॉक पर जाने से पहले इन्हें चाय ज़रूर चाहिए।

"अभी थोड़ी देर में बनाती हूँ।" मैंने कहा और चादर सिर तक ओढ़

ली। दुबारा सोने का कोई इरादा नहीं था, पर नींद लग गयी। पता नहीं, कितनी देर सोती रही। दरवाज़ा खटखटाने की आवाज़ से नींद टूटी। उठकर देखा, बाहर का नहीं, कोई बेडरूम का दरवाज़ा खटखटा रहा है।

''कौन है?''

''मैं हूँ ईशा।''

''तो दरवाज़ा क्यों तोड़ रही हो। भीतर आ जाओ।'' उसने धीरे–से दरवाज़ा खोला और अन्दर आ गयी।

इधर–उधर देखते हुए उसने पूछा, ''तुम्हारी तबीयत तो ठीक है?''

''क्यों, मेरी तबीयत को क्या हुआ?''

''इतनी देर तक कभी सोती नहीं हो, इसलिए पूछा।''

''संडे मना रही थी।'' फिर उस पर एक नज़र डालते हुए पूछा, ''और तुम सुबह–सुबह तैयार होकर कहाँ जा रही हो?''

''सुबह नहीं है मम्मीजी, दस बज रहे हैं।'' और फिर वह एक स्टूल खींचकर मेरे सामने बैठ गयी।

''दरअसल मैं रत्ना के यहाँ शिफ़्ट हो रही हूँ। अभी तो सिर्फ़ कपड़े लेकर जा रही हूँ। घर मिल जायेगा, तब बाक़ी सामान ले जाऊँगी। तुम मेरे लिए किचन का एक सेट तैयार कर देना।''

ये एकदम उठ बैठे, ''इतनी ख़ुदमुख़्तार हो गयी हो तुम। किसी से पूछने की भी ज़रूरत नहीं समझी?''

''पूछने की ज़रूरत क्या है, पापा। आप ही ने तो कल घर से निकल जाने का हुक़्म दिया था।''

पापा उसे सिर्फ़ घूरते रह गये। क्या बोलते।

''कैसे जा रही हो?'' मैंने पूछा।

''टैक्सी से। तुम लोगों के उठने की राह देख रही थी। अब बुक कर देती हूँ।'' उसने जैसे ही मोबाइल निकाला, मैंने उसके हाथों से छीन लिया–''यह क्या कर रही हो?''

''तुम कहीं नहीं जाओगी।''

''मम्मी, रत्ना मेरा वेट कर रही होगी।''

''उससे मैं निपट लूँगी।''

''मम्मी, हमारे पास सिर्फ़ एक ही दिन होता है संडे का।''

''आज हम हाउस हंटिंग करने वाले हैं।''

''कहा न, तुम कहीं नहीं जाओगी।''

''ये क्या बचपना है, मम्मी।''

''बचपना मैं नहीं, तुम कर रही हो, तुम्हारे पिता कर रहे हैं। अब मेरी बात ध्यान से सुनो। यह घर मेरा है। छोटा सही, किराए का सही, पर मेरा है। इस घर से किसी को निकालने का हक़ सिर्फ़ मेरा है। और मैंने तो तुम्हें जाने के लिए नहीं कहा। जिस दिन कहूँगी, जिस दिन घर से निकालूँगी, विधि–विधान के साथ विदा करूँगी।''

वह मुँह फुलाये बैठी रही।

''अब जाओ और हम लोगों के लिए चाय बनाकर ले आओ। कभी माँ की सेवा कर दिया करो। पुण्य लगेगा।''

वह पैर पटकते हुए चली गयी। उसके जाते ही ये बोले, ''मकान मालकिन होने की धौंस दिखा रही हो।''

''तो क्या करूँ? लड़की को घर छोड़कर जाने दूँ? ताकि शादी की सारी सम्भावनाएँ ही ख़त्म हो जायें और धौंस जमाने की क्या ज़रूरत है, मकान मालकिन तो मैं हूँ ही। आप बार–बार सुनाते हैं कि मेरी वजह से इस दड़बे, इस कबूतरख़ाने में गुज़ारा करना पड़ रहा है। तो इसे इस तरह सोचिए कि मेरी बदौलत छोटी ही सही, सिर पर छत तो है।''

ईशा चाय देकर जाने लगी तो मैंने कहा, ''रुको, अभी और भी बात करनी है।'' वह मुँह फुलाकर स्टूल पर बैठ गयी। चाय पीकर कप रखते हुए मैंने कहा, ''अब मेरी बात शान्ति से सुनो, वह जो कोई भी है, उससे कहना कि बिज़नेस में लगातार घाटा होने की वजह से पिताजी की मानसिक अवस्था ठीक नहीं है। माँ बात करेंगी तो चलेगा।''

''मुझे पागल करार दे रही हो?'' ये गुर्राये।

''कुछ तो कारण बताना पड़ेगा न। नहीं तो लड़की अनब्याही रह जायेगी। हाँ तो बेटा, मेरी बात समझ रही हो न।''

''नहीं मम्मी, मेरी समझ में कुछ नहीं आ रहा। पता नहीं, किसके बारे में क्या कह रही हो?''

''बेटा, माँ हूँ मैं तुम्हारी। तुम्हें आईने की तरह साफ़ पढ़ सकती हूँ। उस दिन तुमने पापा के सामने कहा था कि लड़केवाले चाहते हैं कि लड़की का बाप आकर बात करे। जिस तड़प के साथ तुमने यह बात कही थी, मैं तभी समझ गयी थी कि कहीं कोई है। तो बेटा, अब उस शख़्स को जल्दी से घर बुला लो।''

"घर न बुलाना चाहो तो हम रत्ना के यहाँ मिल लेंगे। नहीं तो किसी होटल में मीटिंग रख लेते हैं।"

"मम्मी, मैंने कहा था न कि वह अध्याय बन्द कर दिया है।"

"हाँ, कहा था, पर यह तुम नहीं, तुम्हारी हताशा बोल रही थी। छोटे भाई की शादी पहले हो जाने से शायद तुम डिप्रेशन में आ गयी थीं। पर इतना हताश होने की ज़रूरत नहीं है। तीस की उम्र कोई बहुत ज़्यादा नहीं होती, आजकल आम शादियाँ इस उम्र में होती हैं। हमारा अठारह–बीस साल वाला ज़माना गया। हाँ, पर अब इससे ज़्यादा देर नहीं होनी चाहिए। तुम्हारे पापा ने चैलेंज दिया था न कि मम्मी अगर इतनी स्मार्ट हैं तो तुम्हारी शादी क्यों नहीं हो सकी। तो हम अब उस चैलेंज़ को स्वीकार करते हैं और जल्दी से जल्दी तुम्हारे हाथ पीले करते हैं। अब जाओ और सामान वापस कमरे में रखो। मैं अभी नाश्ता बनाती हूँ। फिर चाहे तो संडे मनाने के लिए रत्ना के यहाँ चली जाना। हाँ, और यह लो अपना फ़ोन रखो।"

"मुझे तो एकदम हाशिये पर डाल दिया तुमने। शायद पागल साबित करके ही दम लोगी।"

"वह काम तो आप खुद ही कर रहे हैं।"

"मतलब?"

"पता नहीं, कब कितने साल पहले जीजाजी मेरे लिए एक प्रस्ताव लाये थे, जिसे बाबूजी ने नकार दिया था। जीजाजी उस बात को मन में लेकर बैठ गये थे। अब इतने सालों बाद उन्हें मौक़ा मिला तो उन्होंने अपनी सारी खुन्नस निकाल ली। अपना अपमान भुना लिया। आप जैसा सॉफ़्ट टारगेट जो उन्हें मिल गया था। और उस बहाने आपको भी सारी हताशा मुझ पर उड़ेलने का बहाना मिल गया। पिछले तीन दिनों से आप यही तो कर रहे हैं। यह पागलपन नहीं तो और क्या है।

"श्रीमानजी जो दुर्बल और कमज़ोर होते हैं न, वे ही अपने को ढाँपने के लिए ऐसे बहाने ढूँढ़ा करते हैं। जिनके पास पुरुषार्थ होता है, वे भाग्य को कोसते नहीं हैं। भाग्य से दो–दो हाथ करते हैं। अपने दमखम से पहाड़ काटकर रास्ता बना लेते हैं।"

एकाएक कमरे में मेरा दम घुटने लगा। मैं बाहर निकल आयी। ईशा कुरसी पर बैठी पेपर पढ़ रही थी।

"क्या लेक्चर दे रही थीं?" उसने पूछा।

"दबी हुई राख को कुरेद रही थी। शायद कोई चिनगारी मिल जाये, जो आग पकड़ ले।"

वह हँस दी, "बुझे हुए शोलों को हवा देने की कोशिश मत करो। जाओ, जाकर नहा लो। मैंने नाश्ता ऑर्डर किया है।"

मैंने उसे ग़ौर से देखा। एक अरसे बाद उसका चेहरा तनाव रहित नज़र आया। तनाव रहित और खिला–खिला सा।

मैंने तो अँधेरे में तीर चलाया था, पर सचमुच कहीं कोई था।

निर्वासन

"तो रिज़र्वेशन कब का करवा लें?" विशाल ने पूछा।

"जब आपको सुविधा हो, जाना आपको है?" श्रुति ने उत्तर दिया।

"तुम नहीं चलोगी?"

मेरे ही मुँह से इनकार सुनना चाहते हो तो—"नहीं।"

"वैसे आप खुद समझदार हो।"

"माँ ने ख़ुद आगे होकर यह पहल की है। वे पिछला सब कुछ भूलकर नयी शुरुआत करना चाहती हैं। वे विधि—विधान से हमारी शादी करवाना चाहती हैं।"।

"तो माँ जी क्या सोचती हैं हम यहाँ बिना शादी किये ही साथ में रह रहे हैं। यह बच्चा हमने बिना शादी के ही पैदा कर लिया है?"

"क्या फिज़ूल की बात कर रही हो?"

"फिज़ूल की बात तो आप लोग कर रहे हैं। हमारी बाक़ायदा शादी हुई है। हिन्दू रीति—रिवाजों से वैदिक मन्त्रों के उच्चारण के साथ हुई है। अब घर का कोई सदस्य शामिल नहीं हुआ तो हम क्या करें? क्या उस शादी का रिपीट टेलिकास्ट करें?"

"माँ का बहुत मन था!"

"उनका शौक़ पूरा करने के लिए मैं अब सालभर के बच्चे को गोद में लेकर फेरे लूँगी—बड़ा अच्छा लगेगा न। और जब सब कुछ विधि—विधान से होगा तो कन्यादान की रस्म भी होगी। क्या आप सोचते हैं कि पापा राज़ी हो जायेंगे? पापा बेचारे मेरी ख़ातिर तैयार हो भी जायेंगे, पर मैं उन्हें मना कर दूँगी। आपके घर पर उनका इतना अपमान हुआ है कि कोई भी शरीफ़ आदमी दुबारा वहाँ जाने की सोच भी नहीं सकता।"

"शायद यही गिल्ट—जस्ट पॉसिबल—माँ के मन में हैं। उन्हें पश्चात्ताप हो रहा होगा।"

"तो क्या हम अपना स्वाभिमान ताक पर रखकर वहाँ पहुँच जायें और दुबारा शादी की नौटंकी कर लें। उनका अपराध बोध हमारे ज़मीर से बड़ा हो गया?"

''फिर तुमने कुणाल से वादा क्यों किया था?''

''हमारी शादी के दो साल बाद आपका भाई मिलने आया था। उसने मेरी ओर दोस्ती का हाथ बढ़ाया था जो मैंने थाम लिया? उसने प्यार से शादी में आने का निमन्त्रण दिया, मैंने ले लिया। कुणाल से मेरी कोई लड़ाई नहीं है अगर हम लोगों की दुबारा शादी का प्रस्ताव न आया होता तो मैं कुणाल की शादी में अवश्य जाती। वहाँ जाकर न–नुकर करने की अपेक्षा अच्छा है–जाना ही स्थगित कर दिया जाये। ...यह भी हो सकता है कि कुणाल की ज़िद पर ही आपकी माताश्री ने हमें निमन्त्रण भेजा हो।"

"जस्ट पॉसिबल" उसने कहा और चुप हो गया। श्रुति के पापा का उसके घर इतना अपमान हुआ है कि वह ज़्यादा कुछ कहने की हिम्मत ही नहीं जुटा पाया।

उन लोगों का अफ़ेयर दो साल से चल रहा था। पर दोनों ही परिवार इसके लिए राज़ी नहीं हो रहे थे। बाद में उनकी ज़िद्द देखकर श्रुति के घरवाले थोड़ा नरम पड़े, पर शर्त यह थी कि शादी दोनों पक्षों की रज़ामन्दी से होगी और उसमें दोनों पक्ष मौजूद रहेंगे।

फिर औपचारिक बातचीत के लिए श्रुति के पिता इन्दौर गये। दुर्भाग्य से उस समय विशाल के पिता विदेश गये हुए थे। विशाल की माँ ने उन्हें आड़े हाथों लिया–"इस घर की देहरी चढ़ने की आपकी हिम्मत कैसे हुई। इस घर में बेटी देने की आपकी औक़ात भी है। आप जैसे लोग अपनी बेटियों को जानबूझकर खुला छोड़ देते हैं ताकि अमीर लड़कों को फाँसा जा सके और बिना दान दहेज के अच्छे घर में शादी हो जाये।"

श्रुति के पिता वहाँ से लौटकर बीमार पड़ गये थे–एकदम आई.सी.यू. में ही पहुँच गये थे। उन्होंने किसी को कुछ नहीं बताया, पर छोटा भाई साथ गया था उसने आँखों देखा हाल सुना डाला।

सुनकर शर्म से गड़ गया था विशाल। अपराध–बोध से उसका मन–मस्तिष्क उद्वेलित हो गया था। उसी आवेश में उसने पण्डित से पूछकर शादी की एक तिथि निश्चित कर ली। रजिस्ट्रार ऑफ़िस में आवेदन भी कर दिया।

श्रुति के पिता जब अस्पताल से लौटे तो दोनों ने उन्हें प्रणाम कर शादी का कार्ड थमा दिया और आशीर्वाद माँगा। वे बोले, "मेरा आशीर्वाद हमेशा तुम्हारे साथ है। पर मैं अपनी शर्त पर क़ायम हूँ। अगर तुम्हारे यहाँ से कोई इस शादी में नहीं आयेगा तो हमारे यहाँ से भी कोई नहीं जायेगा। किसी को भी यह कहने का मौक़ा नहीं मिलना चाहिए कि हमने साँठगाँठ करके तुम्हें फँसाया है।"

विशाल समझ गया कि यह माँ के आरोप की प्रतिक्रिया है। इसलिए चुप रहना ही श्रेयस्कर लगा। फिर इष्टमित्रों की उपस्थिति में उसने अपना ब्याह रचा लिया। एक मित्र के माता–पिता ने कन्या पक्ष की रस्में पूरी कीं (बेचारे अब तक सब निभा रहे हैं।) एक दोस्त की माँ ने आरती उतारकर दोनों को गृहप्रवेश करवाया। शाम को एक छोटी–सी पार्टी दे दी गयी।

इस शादी के बाद विशाल के घर में जैसे भूचाल आ गया। माँ ने फ़ोन पर कहनी–अनकहनी सब सुना डाली। एक तरह से घर निकाला ही दे दिया। पापा का रुख़ पता नहीं चल सका। उन्होंने बात ही नहीं की। वे नाराज़ हैं यह समझ में आ रहा था, पर उनका मौन माँ की बमबारी से ज़्यादा खल रहा था।

दो साल बाद माँ पश्चात्ताप की मुद्रा में आ गयी थीं, उनका स्वभाव देखते हुए यह सब थोड़ा अविश्वसनीय लग रहा था। पर उसने सोचा चलो इसी बहाने घर से फ़िर जुड़ सकेगा। इन दिनों घर उसे बहुत याद आ रहा था। हर राखी और भाई दूज पर नमिता की याद उसकी पलकें भिगो देती थी। हर उपलब्धि के मौक़े पर भाई याद आ जाता। एक वही था जो उसकी उपलब्धियों को समझ सकता था। उसकी महत्ता पहचानता था। हर ख़ुशी घरवालों के बिना फीकी और अधूरी लगने लगती थी।

पर श्रुति भी अपनी जगह ठीक थी।

कुणाल आया था तो कुछ आशा बँधी थी। कुणाल हमेशा से ख़ुशमिज़ाज और बातूनी रहा है। भाभी से उसकी अच्छी पटरी बैठ गयी थी। श्रुति का यह अनुमान भी सही लगता है कि कुणाल ने ही माँ को राज़ी किया होगा।

श्रुति चलने के लिए राज़ी नहीं हुई, पर उसने विशाल को नहीं रोका। बल्कि कहा कि आपको थोड़ा जल्दी जाना चाहिए था। पापा वहाँ बिल्कुल अकेले हैं।

बहुत गर्मजोशी की अपेक्षा तो उसने भी नहीं की थी। पर इतने ठण्डे स्वागत की आशा भी उसने नहीं की थी। माँ ने बस इतना कहा–आ

गये। अकेले ही आये हो न! पता था। 'पापा ने तो इतना भी नहीं कहा। उसके प्रणाम करने पर बुदबुदाकर आशीर्वाद दिया और परे हट गये। हमेशा दौड़कर लिपट जाने वाली नमिता भी अलिप्त ही बनी रही। दो साल बाद देखा था–एकदम बड़ी लग रही थी। हू–ब–हू माँ की प्रतिमा लग रही थी। बस स्वभाव माँ जैसा न हो, उसने मन–ही–मन ईश्वर से प्रार्थना की। हम लोग तो विदा करके मुक्त हो जायेंगे वह भला आदमी ज़िन्दगी भर भुगतता रहेगा।

कुणाल ज़रूर भाई को देखकर बहुत ख़ुश हुआ। भाभी के न आने का मलाल तो था, पर उस विषय को उसने ज़्यादा तूल नहीं दी। कारण जानता था न।

शाम को माँ ने उसे कमरे में बुलाया और पाँच हज़ार का एक चेक उसके सामने नचाते हुए बोलीं, "ये तुम्हारी ससुराल से आया है।"

उसे आश्चर्य हुआ–"आपने निमन्त्रण भेजा था?"

"वो तो भेजना ही था समधी जो ठहरे।"

विशाल समझ गया–यह सब कुणाल की करतूत है, वही श्रुति से पता ठिकाना ले आया होगा। वह शान्त भाव से बोला, "आपने बुलावा भेजा, उन्होंने शगुन भेज दिया। ठीक तो है।"

"ख़ुद नहीं आ सकते थे। उनके पाँच हज़ार के भूखे हैं क्या हम।"

"आपके दरवाज़े पर उनका जैसा स्वागत हुआ था उसके बाद कोई शरीफ़ आदमी यहाँ आने की सोच भी सकता है?"

"कैसा स्वागत?" पापा ने एकदम उत्सुकता जतायी। "कुछ नहीं–थोड़ी कहासुनी हो गयी थी। उसका इतना बड़ा इश्यू बना लिया। लड़की वालों को इतने तेवर शोभा नहीं देते।"

"कल को नमिता की भी शादी होगी। उसकी ससुराल में पापा के साथ ऐसा सलूक होगा तो आपको अच्छा लगेगा?"

"अरे वाह! तुम तो एकदम अपने ससुरजी के पिट्ठू बने जा रहे हो।"

"बात आप ही ने शुरू की थी।"

"मैं ही इसे ख़त्म कर रही हूँ। जाओ, जाकर अपना काम देखो।"

वहाँ और रुकने की विशाल की भी इच्छा नहीं थी। वह कमरे में चला आया और रातभर यही सोचता रहा कि उसे यहाँ आना चाहिए था कि नहीं। और कितने ऐसे प्रसंगों से गुज़रना पड़ेगा कौन जाने?

सुबह जल्दी उठ गया। लॉन में यूँ ही बेमतलब टहल रहा था कि पापा ने आवाज़ दी। उसने चौंक कर देखा पापा मॉर्निंग वॉक के लिए तैयार खड़े थे।–चलो थोड़ा घूम आते हैं।

वह जैसा खड़ा था वैसे ही साथ हो लिया। आने के बाद पापा ने पहली बार उससे बात की थी। उसे मालूम था कि इस मॉर्निंग वॉक में सैर के अलावा और भी कुछ निहित है। शायद उसकी खिंचाई होगी या उपदेश दिया जायेगा। वह दोनों के लिए तैयार था। कम–से–कम उसे अपना पक्ष रखने का मौक़ा तो मिलेगा।

जब वे शोर–शराबे से दूर सुनसान सड़क पर पहुँच गये तो पापा ने एकाएक पूछ लिया, ''तुम्हारे ससुर अपने यहाँ कब आये थे?''

"आपको पता नहीं है?"

''पता होता तो क्यों पूछता?''

''शादी से पहले आये थे। आप शायद हफ़्ते भर के लिए यू.के. गये हुए थे। मुझे पता होता तो मैं उन्हें आने ही नहीं देता। न वे उस समय आते न ये सब होता।''

विशाल ने तफ़सील से सब सुना दिया और कहा, ''अगर उस समय उन्हें कुछ हो जाता तो मैं ज़िन्दगीभर अपने आपको माफ़ नहीं कर पाता। उनको तसल्ली देने के लिए ही मैंने तुरत–फुरत शादी कर डाली। आप लोगों को पहले से ख़बर नहीं की क्योंकि उसका परिणाम क्या होगा मैं जानता था।"

"मुझे ख़बर की होती तो मैं ज़रूर आता बेटा। ख़ैर, अब आऊँगा बहू को आशीर्वाद भी दूँगा और माफ़ी भी माँगूँगा। हो सका तो उसके पिताजी से भी क्षमा माँग लूँगा। मेरे पीछे यह सब कांण्ड हो गया और मुझे पता ही नहीं चला।"

पापा सचमुच दुखी थे। विशाल के मन से एक बोझ हट गया। अच्छा हुआ वह आ गया–सारी बातें साफ़ हो गयीं, नहीं तो पापा के मन में उसके लिए गाँठ ही रह जाती।

दो दिन पहले से मेहमान आने शुरू हो गये। स्वाभाविक था विशाल को देखकर सब बहू के बारे में पूछते। माँ ने सबको सुनाकर कहा–"हमने तो दिल पर पत्थर रखकर दोनों को माफ़ कर दिया था। कहा भी था कि यहाँ आ जाओ। विधि–विधान से दोनों की शादी करवा देते हैं पर देवी जी आयी ही नहीं। छोटे लोगों की सोच छोटी ही होती है।"

ख़ून का घूँट पीकर रह गया विशाल। अच्छा हुआ जो श्रुति साथ नहीं आयी। किसी न किसी बहाने माँ उसे सुनाती ही रहतीं। वह सुन भी लेती, पर कब तक? कभी–कभी चन्दन भी आग पकड़ लेता है। फिर अच्छा–ख़ासा तमाशा खड़ा हो जाता।

घर में शादी का हंगामा शुरू हो गया था। नाते–रिश्तेदार, हँसी–मज़ाक़, गीत–संगीत, रूठना–मनाना, मेहँदी, हल्दी, सजना–सँवरना, उसे बार–बार अपनी शादी याद आ रही थी। शादी क्या थी एक रस्म अदायगी थी बस। साथ रहने के लिए एक लाइसेंस चाहिए था। सम्बन्धों पर एक मुहर लगनी ज़रूरी थी। और क्या। अच्छा हुआ श्रुति नहीं आयी उसके मन में भी यही सब ख़याल आते।

रिसेप्शन ज़ोरों पर था। लोग आते चले जा रहे थे। ऐसा लग रहा था जैसे पूरे शहर को ही न्योता दे दिया हो। घर की पहली शादी थी न। लग रहा था कुछ देर बाद यह विशाल मण्डप भी भर जायेगा।

स्वागत मण्डप एक गलियारे जैसा था। भीतर वाले द्वार पर कुर्सियाँ लगवाकर उसमें माँ–पापा को बिठा दिया था। बाहर के द्वार पर वह ख़ुद खड़ा हो गया था।

उसे रह–रहकर अपनी शादी याद आ रही थी। शादी वाली शाम को एक छोटी–सी पार्टी हुई थी बस। दोस्तों ने ही इन्तज़ाम किया था। वे दोनों होस्ट बने हुए मेहमानों का स्वागत कर रहे थे। दोस्तों ने तोहफ़े के तौर पर उनकी गृहस्थी का थोड़ा सामान जुटा दिया था। बाक़ी वे लोग सुविधानुसार ख़रीदते रहे हैं। दो साल से यह सिलसिला अनवरत जारी है। इसी बीच बच्चा भी आ गया। लग रहा था–थोड़ी जल्दबाज़ी हो गयी पर अब तो उसके बिना जीने की कल्पना भी कठिन है।

श्रुति के पिता सारा सामान दे रहे थे। उन्होंने कहा भी कि बेटा–यह सब हम उसी के लिए इकट्ठा कर रहे थे। एकदम ख़रीदने की हमारी सामर्थ्य नहीं है, पर विशाल ने मना कर दिया। उसके स्वाभिमान को यह गवारा नहीं था। उसने कहा, "हम दोनों कमा रहे हैं। ये सब आप स्मृति के लिए रख दीजिए। दो साल बाद उसका भी नम्बर आने वाला है।"

अपने विचारों में खोया हुआ वह मेहमानों का स्वागत करता जा रहा था। भीड़ के बीच अकेलापन क्या होता है इसे उसने आज अनुभव किया।

एकाएक एक परिचित–सी किलकारी से उसका ध्यान टूटा। सुयश

उसे देखकर ख़ुशी से किलक रहा था। पूरे पाँच दिन बाद यह प्यारी–सी आवाज़ सुनाई दी थी। उसने लपककर सुयश को गोद में ले लिया और अब श्रुति को देखा। वह एकदम दुल्हन–सी सज–सँवर कर आयी थी।

''तुम कब आयीं?''

''चार बजे ही आ गयी थी। तैयार होने आलोक दा के यहाँ चली गयी थी।'' आलोक उसके ममेरे भाई हैं–विशाल को पता है।

''कुणाल से तो मिलवाओ!''

"अभी लो" और भीड़ को चीरता हुआ विशाल उसे स्टेज पर ले गया–"कुणाल देख कौन आया है।'' उसने कहा। सच तो यह था कि वह ख़ुद भी अभी उस सुखद आश्चर्य से उबर नहीं पाया था।

"ओ माय डियर भाभी।" कुणाल ख़ुशी से गद्गद हो गया और भाभी के गले से लग गया।

''पैर छू नालायक?'' विशाल ने डाँटा।

"पैर क्यों छुयेगा? दोस्त है मेरा। हम तो गले मिलेंगे। है न कुणाल? पैर तो हमारी देवरानी छुयेगी।''

तब तक दुल्हन उठकर प्रणाम की मुद्रा में झुक आयी थी। उसे उठाकर श्रुति ने गले से लगा लिया और एक मखमली बॉक्स उसके हाथों में पकड़ा दिया–''ये तुम्हारी मुँह दिखाई है। तुम्हारे कंजूस जेठ जी ने तुम्हें कुछ नहीं दिया होगा–आय एम श्योर।''

''और मेरे लिए'' कुणाल ने लड़ियाकर कहा।

''इतनी सुन्दर दुल्हन दी तो है और क्या चाहिए।''

''भाभी तुम आ गयीं। सच बहुत ख़ुशी हो रही है।''

''कैसे न आती। तुमसे वादा जो किया था। अब तुम भी एक वादा करो। हनीमून आदि से निपट जाओ तो हफ़्ते दस दिन के लिए मेरे पास ज़रूर आना। इस भीड़–भड़ाके में तो दुल्हन से ढंग से दो बातें भी नहीं हो पायेंगी।''

वे लोग काफ़ी देर स्टेज पर खड़े रहे–काफ़ी फ़ोटोज़ ख़ींचे गये। विशाल की बहू एक नया सेंसेशन था। कुछ देर के लिए दुल्हन बेचारी हाशिये पर चली गयी थी।

"चलो अब माँ–पापा के पास चलते हैं।" विशाल दोनों को लेकर नीचे उतरा और स्वागत द्वार के पास ले आया।

"पापा! ये श्रुति," विशाल ने प्रणाम करती श्रुति का परिचय करवाया।

''अरे वाह। तुम कब आयीं बेटा?''

''बस अभी–अभी आयी हूँ।'' माँ को प्रणाम करती श्रुति ने कहा।

"तुम आ गयीं बेटा। बहुत अच्छा किया। कुणाल बहुत याद कर रहा था।" पापा ने कहा फिर सुयश को गोद में लेकर ख़ूब प्यार किया। बहू की गोद में वारिस देते हुए एक दो हज़ार का नोट नन्हे–नन्हे हाथों में पकड़ा दिया।

''पापाजी ये क्या कर रहे हैं?''

"पहली बार देखा है बेटा–क्या खाली हाथ देखूँगा।" फिर अपने गले से मोटी–सी चेन उतारते हुए बोले–"और ये तुम्हारी मुँह दिखाई है। अपनी पसन्द की बनवा लेना।"

विशाल ने कनखियों से माँ की ओर देखा, वहाँ नाराज़ी साफ़ झलक रही थी। उसने वहाँ ज़्यादा रुकना ठीक नहीं समझा। उसे लेकर बाहर आ गया। तब तक माँ–पापा पर बधाइयों की झड़ी लग गयी थी–"इतनी सुन्दर–सुन्दर बहुएँ आप कहाँ से ले आते हैं शुक्ला जी।"

श्रुति सचमुच बहुत सुन्दर लग रही थी। हज़ारों का लहँगा और लाखों के गहने पहनकर नयी दुल्हन स्टेज पर चमक रही थी। तो श्रुति आत्मविश्वास के तेज़ और स्वाभिमान की आभा से दमक रही थी।

वे दोनों अब साथ में खड़े होकर मेहमानों का स्वागत कर रहे थे। नमिता छोटू को लेकर भीड़ में ग़ायब हो गयी थी।

दोनों को साथ देखकर लोग कमेंट कर रहे थे–यू आर मेकिंग ए परफ़ेक्ट पिक्चर–मेड फ़ॉर ईच अदर पेयर हैं। लक्ष्मीनारायण का जोड़ा है–सुनकर अच्छा लग रहा था। अपनी शादी में इन्हीं सब चीज़ों को मिस किया था अब उसकी भरपाई हो रही थी।

साढ़े दस बजे के क़रीब उसने विशाल से कहा, "मुझे अब निकलना चाहिए। अर्ली मॉर्निंग फ़्लाइट है। कम–से–कम चार बजे घर से निकलना होगा।"

उसने सास–ससुर से विदा ली। कहा, ''मम्मी जी मेहमान चले जायें तो थकान उतारने मेरे यहाँ ज़रूर आइयेगा।'' मम्मी कुछ बुदबुदाकर रह गयीं। शायद अपनी रणनीति अभी तय नहीं कर पायी थीं। पर पापाजी ने कहा–''योर श्योर–ज़रूर आऊँगा।'' फिर विशाल को आज्ञा दी कि बहू को ठिकाने पर छोड़ आये।

मण्डप के शोर–शराबे से दूर गाड़ी जब मेन रोड पर आ गयी तो उसने कहा–''तुम आ गयीं–थोड़ी देर के लिए ही सही–पर आ गयीं–अच्छा लगा तुमको कुणाल बहुत मिस कर रहा था।''

''उसी के लिए तो आयी हूँ। पर आप नाराज़ तो नहीं हैं ना।''

''नाराज़ क्यों हूँगा। हाँ इट वॉज़ ए सरप्राइज़–बट प्लेजेंट सरप्राइज़। तुम्हें इतनी जल्दी टिकिट कैसे मिल गयी?''

''टिकिट तो पहले से बुक करवा लिए थे। बस आपको नहीं बताया था। सोचा बहसबाज़ी होगी। बाद में आ रही हो तो साथ में क्यों नहीं?''

"ठीक किया। सुबह एयरपोर्ट कैसे जा रही हो?"

"कैब बुला लूँगी। आलोक दा के पास बाइक है। अकेली होती तो कोई समस्या नहीं थी। सामान भी ज़्यादा नहीं है पर बच्चे के साथ डर लगता है।"

आलोक के घर पहुँचकर उसने कहा, ''मैं गाड़ी स्टार्ट कर लूँ तब दरवाज़ा खुलवाना।''

''क्यों?''

''वे भीतर आने के लिए कहेंगे, मैं मना करूँगा–अच्छा नहीं लगेगा। अभी समय नहीं है न–और सुनो कैब मत बुलवाना। मैं आ रहा हूँ समय से तैयार रहना।''

लौटते समय विशाल को एकाएक भूख लग आयी। उसे याद आया, उसने शाम को सिर्फ़ एक गिलास जूस और एक पनीर टिक्का–बस इतना लिया था, खाना तो अभी बाक़ी था।

फिर यह भी याद आया कि अब तो परिवार के सारे लोग दूल्हा–दुल्हन साथ में खाने वाले हैं। उसे याद ही नहीं रहा नहीं तो श्रुति को रोक लेता। छोड़ने तो वैसे भी जाना ही था।

और फिर यह ख़याल भी आया कि श्रुति शायद बिना कुछ खाये ही लौट गयी है। सारी शाम तो वह उसके साथ ही थी उसे कुछ खिलाने का ध्यान ही नहीं रहा। अब वह शर्म के मारे भाई के यहाँ भी कुछ नहीं माँगेगी–भूखी ही सो जायेगी।

वह लौटा तो पंगत लग चुकी थी। तीन मेज़ें आपस में जोड़ ली गयी थीं। आसपास कुर्सियाँ लगाकर गोलाकार पंगत बना दी गयी थी। दूल्हा–दुल्हन के सामने फूलों की रंगोली थी। सुगन्धित अगरबत्तियाँ थीं और चाँदी की थालियाँ थीं। उसके लिए कुणाल और नमिता के बीच में

जगह छोड़ी हुई थी। खाना शुरू हो चुका था। फिर भी उसे देखते ही सबने कहा—"आओ भाई, तुम्हारा इन्तज़ार हो रहा है।"

पापा सामने वाली पंक्ति में बैठे थे। बोले, ''बहू को ठीक से छोड़ आये बेटा।''

''जी। सुबह एयरपोर्ट छोड़ने भी चला जाऊँगा।''

"वेरी गुड,'' उन्होंने कहा, "अरे हाँ उसने कुछ खाया भी कि नहीं या ऐसी ही चली गयी।"

''पता नहीं पापा। मैं तो पूरे समय बाहर था न।" चाचाजी पापा की बगल में बैठे हुए थे। उनसे पापा बोले, सुरेश जानते हो।, आज मेरे यहाँ कम–से–कम बारह सौ लोगों ने खाना खाया होगा। पर घर की बहू मुँह जुठारे बिना चली गयी। किसी ने उससे कहा होता तब तो खाती।"

यह बात कहते हुए पापा ने माँ की ओर देखा। उनका निवाला हाथ ही में रह गया। फिर उन्हें अहसास हुआ कि सबकी निगाहें उनके ऊपर ही टिक गयी हैं। वे एकदम असहज हो उठीं। तुनककर बोलीं, "बिना बुलाये आयी थीं तो बिना कहे खा भी लेतीं। किसने रोका था।"

"वह बिना बुलाये नहीं आयी थीं।" कुणाल एकदम गरज उठा–''मैं उन्हें निमन्त्रण देकर आया था। कसम देकर आया था मैं। और सिर्फ़ मेरी बात रखने के लिए वे इतने छोटे बच्चे के साथ हवाई जहाज़ का टिकिट निकालकर आयी थीं।''

''तो मैं क्या करूँ?'' माँ चीखीं।

''आप क्या कर सकती हैं–क्या कर लेंगी?'' पापा बोले।

''बच्चे के ऊपर से पाँच रुपये तो आप न्यौछावर नहीं कर सकीं।''

बच्चे समझ गये कि यह महाभारत का शंखनाद है। बचपन से देखते जो आ रहे थे। कुणाल एकदम उठ खड़ा हुआ और दुल्हन का हाथ पकड़ कर बाहर निकल गया। आज उसकी सुहागरात है। रिश्ते की भाभियाँ दिनभर उसका कमरा सजाती रही हैं।

अब ऐसे मूड में बेचारा क्या ख़ाक सुहागरात मनायेगा?

कुणाल के उठते ही बाक़ी लोग भी धीरे–धीरे उठकर जाने लगे। खायी अधखायी प्लेटें मेज़ पर मुँह चिढ़ाती पड़ी रह गयीं। माँ ने एकदम चंडिका रूप धारण कर लिया। दोनों हाथ नचाकर पापा से बोलीं, ''हो गयी तसल्ली, कलेजे में ठण्डक पड़ गयी। ये सीन करना ज़रूरी था? इतनी शानदार शादी की थी मैंने। आपकी सात पुश्तों में किसी ने ऐसी

शादी नहीं देखी होगी। पर सब कचरा हो गया। अब इन लोगों को शादी की शान–शौक़त याद नहीं रहेगी–सिर्फ़ यह तमाशा याद रहेगा। घर जाने के बाद ये लोग चटखारे ले–लेकर इस क़िस्से की जुगाली करेंगे। रिश्ते की हर शादी में यह कहानी नमक–मिर्च लगाकर सुनाई जायेगी–ये किस जन्म का बदला लिया है आपने बताइए–''और माँ फूट–फूट कर रो पड़ीं।

विशाल स्तब्ध होकर यह नज़ारा देखता रहा। पापा कब उठकर चले गये, पता ही नहीं चला। अब उस लम्बी–चौड़ी मेज़ पर जूठी प्लेटें पड़ी थीं और आसपास खाली कुर्सियाँ। एक सिरे पर विशाल बैठा हुआ था, दूसरे पर दोनों हाथों में सिर दिये माँ सिसक रही थीं। मैरिज गार्डन का स्टाफ एक कोने में खड़ा होकर उन लोगों के उठने की प्रतीक्षा कर रहा था।

अपनी दबंग और रौबीली माँ को यूँ बिलखते देख विशाल का मन कैसा तो हो आया। वह धीरे–से उठकर उनके पास गया। उनके कन्धे पर हाथ रखकर बोला, ''माँ, आप बहुत थक गयी हैं। चलिए, कमरे में चलकर आराम कीजिए। मैं किसी के हाथ आपके लिए कॉफ़ी भिजवाता हूँ।''

उसकी बात पूरी भी न हो पायी थी कि माँ ने पलटकर उसकी ओर देखा–उनकी आँसू भरी आँखों से चिनगारियाँ फूट रही थीं। नागिन की तरह फुफकार कर बोलीं, मेरी ख़ुशियों को नज़र लगाकर चली गयी महारानी। इसीलिए तो आयी थी।"

विशाल एकदम सहम गया, माँ के कन्धे पर रखा हाथ उसने ऐसे हटा लिया जैसे करंट लगा हो।

उसके मन में उफनता संवेदना का ज्वार एकदम थम गया था। उसकी जगह वितृष्णा ने ले ली थी।

वह एकदम पलटकर चल दिया। यह अच्छा था कि इस विशाल मैरिज गार्डन में सबके लिए अलग कमरों की व्यवस्था थी। किसी से सामना होने का ख़तरा नहीं था।

कमरे में आकर उसने दरवाज़ा बन्द कर लिया। अपना सामान समेट कर बैग में जमा लिया। मोबाइल में अलार्म लगाकर लेट गया। सोच लिया कि सुबह एयरपोर्ट जाने के लिए कैब ही बुक कर लेगा। महँगा ही सही अगर टिकिट मिल गया तो श्रुति के साथ ही लौट जायेगा।

घर एक बार फिर छूट रहा था।

इस बार शायद हमेशा के लिए।

नो सिम्पथी प्लीज़

हम सब तैयार होकर हॉल में आ गये थे और जीजाजी की प्रतीक्षा कर रहे थे। अम्माज़ी को प्रणाम करके आशीर्वाद लिया जा चुका था। बच्चों की बुआजी से भी मैं गले मिल चुकी थी। नौकरों को इनाम इक़राम भी दे दिया था–क्योंकि ग़मी हो या खुशी–काम तो बेचारे करते ही हैं।

बच्चे इतने बेसब्र हो रहे थे कि उन्होंने अपने बैग्स अभी से कन्धे पर टाँग लिए थे। बेसब्र तो मैं भी हो रही थी–झूठ क्यों बोलूँ। घर छोड़े पखवाड़े से ऊपर हो गया था। दीदी की मृत्यु का समाचार सुनकर जो दौड़ी–दौड़ी आयी थी तो लौटकर गयी ही नहीं। तीसरे के बाद घर एक तरह से ख़ाली हो गया था, पर अम्माजी ने मुझे हाथ पकड़कर रोक लिया था–"बेटा! बच्चे तुझमें अपनी माँ की छवि देखते हैं। हो सके तो तेरही तक रुक जा। बाद में तो फिर बच्चों को अकेले ही रहना है।"

उनकी बात को काटना कठिन हो गया था, इसलिए फिर ये मुझे और बच्चों को छोड़कर चले गये थे। तेरही पर लौटकर आये थे। इस बीच दीदी के बच्चे–दस साल का अंशुमन और चौदह साल की आभा, सचमुच मेरे होकर रह गये थे। एक पल को भी मुझे छोड़ नहीं पा रहे थे। मेरे दोनों बच्चे यद्यपि बहुत छोटे थे, पर उनसे भी इन लोगों की अच्छी पटरी बैठ गयी थी। तनिष्क तो दिनभर आभा की गोद में लदा रहता और तन्मय अंशुमान की पूँछ बना घूमता रहता।

ऐसे में बच्चों को छोड़कर जाना बड़ा कष्टप्रद लग रहा था। फिर इन्होंने ही सुझाव दिया कि बच्चों को साथ लिए चलते हैं। वैसे भी इस मातमी माहौल से उनका बाहर निकलना बहुत ज़रूरी है। जगह बदल जायेगी तो थोड़ा मन भी बहल जायेगा। पढ़ाई का थोड़ा नुक़सान होगा तो क्या फ़र्क़ पड़ेगा, वैसे भी इस मनःस्थिति में वह कितना पढ़ पायेंगे?

फिर सर्वसम्मति से यही तय हुआ। परसों तेरही सम्पन्न हुई। मेहमान एक–एक कर विदा होने लगे। मैंने बच्चों की बुआजी को कुछ दिन रुकने के लिए मना लिया ताकि अम्माजी अकेली न पड़ जायें। अब हम सब जाने के लिए तैयार थे। जीजाजी के ड्राइवर ने हमारी गाड़ी भी धो–पोंछकर चमका दी थी और बच्चे उसमें बैठने के लिए उतावले हो रहे थे। बस जीजाजी की प्रतीक्षा थी।

''हम लोग ऊपर जाकर मिल आते हैं,'' मैंने कहा।

''नहीं'' उन्होंने दो टूक जवाब दिया–"उन्हें शायद अच्छा नहीं लगेगा। ही सीम्ड टू बी काइंड ऑफ़ अलूफ़ टुडे। शायद बच्चों की वजह से सेंटीमेंटल हो रहे हों, सो लीव हिम अलोन।"

''मैं तो ऐसा नहीं कर सकती। आप लोग सामान वग़ैरह रखवाइए। मैं अभी आयी।''

मैं दनादन सीढ़ियाँ चढ़कर ऊपर तो आ गयी, पर दरवाज़े पर ही ठिठककर खड़ी हो गयी। दीदी का कमरा था वह। एकदम भीतर जाने की हिम्मत नहीं पड़ रही थी। धीरे–से परदा खिसकाकर देखा, कमरा ख़ाली था। थोड़ा आगे बढ़ गयी तो पता चला–जीजाजी कमरे से लगी बालकनी में आरामकुर्सी पर लेटे हैं।

''जीजाजी! हम लोग निकल रहे हैं।'' मैंने प्रणाम करते हुए कहा।

''अच्छा। हेपी जर्नी। अच्छे से जाना। पहुँचकर फ़ोन करना।''

''बच्चों को साथ ले जा रही हूँ।''

''पता है।''

''मुझे मालूम है बच्चों के बिना घर एकदम सूना हो जायेगा। पर इस समय उनके लिए वातावरण बदलना बहुत ज़रूरी है।''

''यस आय नो। दे नीड ए चेंज बेडली।''

''वैसे तो इस समय आपके लिए भी वातावरण बदलना बहुत ज़रूरी है।"

''मैं तो इस समय अम्मा को अकेले छोड़ने की कल्पना भी नहीं कर सकता। वो एकदम टूट गयी हैं।''

''नैचुरली। वह शॉक ही इतना ज़बरदस्त था–ख़ासकर उनकी उम्र के लिए। बार–बार कह रही थीं–जाना तो मुझे चाहिए था–वो चली गयी।''

''इसमें अपनी चॉइस कहाँ चलती है। जो ऊपरवाला तय करता है, वही होता है।''

''और देखिए न! एक व्यक्ति के जाने से ही सब कुछ कैसे उलट–पुलट हो जाता है। ऐसे अधबीच में जब हमसफ़र छोड़ जाता है तो एक शून्य–सा भर जाता है–बाहर भी, भीतर भी। इस स्थिति से उबरना बहुत कठिन है, पर ज़रूरी भी है। ख़ासकर बच्चों के लिहाज़ से, आपको इस अवसाद से बाहर आना ही होगा। अब आपको उनकी माँ की भी भूमिका निभानी है।''

वे एकटक मेरी ओर देख रहे थे, जैसे ही मैं साँस लेने के लिए रुकी तिलमिलाते स्वर में बोले–''अगर अपना दर्शन बघार चुकी हो तो जाओ। जयेश प्रतीक्षा कर रहे होंगे।''

मैं तो अचकचा गयी। उन्होंने मुझसे इस स्वर में कभी बात नहीं की थी। और उनकी वह दृष्टि?

जो शब्दों में नहीं कह पाये थे, आँखों से कह गये थे।

''क्या हुआ जीजाजी! मुझसे कोई ग़लती हो गयी है क्या? अगर ऐसा है तो...आय एम सॉरी।''

''सॉरी कहने मात्र से ही सब कुछ ठीक हो जाता है क्या? सॉरी तो तुमने उस दिन भी कहा था।''

''किस दिन की बात कर रहे हैं।''

''मेरी परम इंटेलीजेंट साली साहिबा। तुम इतनी बड़ी बात कैसे भूल गयीं। मेरी शादी के ठीक पाँच दिन पहले तुम अपनी दीदी का वह महान सन्देश लेकर आयी थीं। और सन्देश देने से पहले भी तुमने सॉरी बोला था।''

''वह बहुत पुरानी बात हो गयी जीजाजी।''

''पुरानी होने से कोई बात झूठ थोड़े ही हो जाती है। घर में शादी की तैयारियाँ चल रही थीं, मेहमान आना शुरू हो गये थे। छोटी–मोटी रस्में भी हो रही थीं। ऐसे में भावी दुल्हन का सन्देश आता है कि प्लीज़ शादी के लिए मना कर दीजिए। मेरा मन कहीं और है। कितनी रोमांटिक सिच्युएशन है न?''

''आपको अब तक सब याद है?''

''ये क्या भूलने वाली बात है? और तुम्हारी दीदी ने भूलने की मोहलत ही कब दी? अपने माँ–बाप के सामने मुँह खोलने की हिम्मत नहीं थी तो मुझसे कहा जा रहा था कि शादी के लिए मना कर दीजिए। मेरे माँ–बाप क्या किराये के थे? उनके प्रति मेरी कोई जवाबदेही नहीं थी? मना करने

का क्या कारण बताता मैं और उस पर कौन विश्वास करता? ...दुनियावाले तो यही समझते कि हमने कोई बड़ी–सी माँग रखी होगी। लड़कीवाले बेचारे पूरी नहीं कर पायेंगे। बदनामी होती तो हमारी होती।''

जीजाजी आवेश में बोले जा रहे थे। मैं चुपचाप सुन रही थी और चारा भी क्या था।

''बाय द वे–उस दिन चाहकर भी पूछ नहीं पाया था। आज पूछता हूँ। अगर मैं मना कर देता तो क्या तुम्हारी दीदी उस शख़्स के साथ चली जातीं?''

''उतने गट्स कहाँ थे? दोनों में ही वह हिम्मत नहीं थी।''

''फिर।''

''दीदी का विचार था कि शादी टूट जाने से थोड़ी बदनामी होगी। एक–दो साल कहीं रिश्ता हो नहीं पायेगा। तब तक कोई न कोई हल निकल ही आयेगा।

''वाह! क्या प्लानिंग है। दाद देनी पड़ेगी। तो अच्छा ही हुआ जो मैंने वह प्रार्थना स्वीकार नहीं की। कोई मतलब नहीं था। दयावश मैं शादी से इनकार करने के मूड में आ गया था, पर मेरे अवचेतन में बैठा मेरा पौरुषेय दम्भ फन फैलाकर खड़ा हो गया। मुझ जैसे कुलीन, सम्पन्न, सुदर्शन युवक को कोई कन्या अस्वीकार कर दे यह बात मुझसे सहन नहीं हुई। मुझे लगा यह मेरा घोर अपमान है...तब क्या पता था इससे बड़ा अपमान भविष्य में मेरी प्रतीक्षा कर रहा है।''

''मतलब?''

''तुम्हारी दीदी ने शादी की पहली रात को ही ऐलान कर दिया कि आपका सिर्फ़ मेरे तन पर अधिकार है। मन से मैं कभी आपको स्वीकार नहीं कर सकूँगी।''

''क्या कह रहे हैं?''

''सच कह रहा हूँ। मृत व्यक्ति के विषय में झूठ नहीं बोलूँगा मैं। इतना नीच नहीं हूँ।''

पूछना चाह रही थी कि फिर कैसे, क्या हुआ! पर ऐसी अन्तरंग बात पूछने का साहस नहीं हुआ। जीजाजी ने ही मेरी समस्या हल कर दी। बोले–''मैंने सोचा तन तो तन ही सही। कुछ तो अपना है। मन को लेकर करना भी क्या है। फिर मन से योजन दूर रहकर हम देहधर्म निभाते रहे। मतलब वो धर्म निभाती रही। मैं अधिकार जताता रहा। पन्द्रह साल आराम

से निकल गये। बनी रहती तो और पन्द्रह साल भी गुज़र ही जाते।'' और वे एक कसैली–सी हँसी हँस दिये।

कुछ देर को मैं सन्न रह गयी–''आय एम सॉरी जीजाजी।''

''सॉरी किसलिए भाई?''

''मुझे बड़ा दुःख हो रहा है।''

''वही तो पूछ रहा हूँ, दुःख किसलिए। क्यों? हाँ, अगर मेरे बच्चों के लिए दुःख हो रहा है तो वह जायज़ है। बेचारों ने बहुत छोटी उम्र में अपनी माँ खो दी है। अम्मा के लिए दुःख कर सकती हो। उनकी लाडली बहू उनका बुढ़ापा ख़राब कर गयी है, लेकिन मेरे लिए दुःख करने की कोई ज़रूरत नहीं है। मैंने कुछ भी खोया नहीं है। जो कभी पाया ही नहीं था, उसके खोने का दुःख क्यों होगा! सो नो सिम्पथी प्लीज़।''

उनके स्वर में एक आदेशात्मक सन्देश था इस चर्चा को विराम देने का। वैसे भी अब कहने–सुनने के लिए कुछ शेष नहीं था। मैं चुपचाप सीढ़ियाँ उतरने लगी। जीजाजी का वह कठोर स्वर कानों में गूँजता रहा–नो सिम्पथी प्लीज़।

और एक हमारी दीदी थीं जो ज़िन्दगीभर सहानुभूति बटोरती रहीं। जब भी मायके आतीं यह जताना कभी नहीं भूलतीं कि उनके साथ कितना अन्याय हुआ है। माँ–पापा को उन्होंने कभी अपराध–बोध से मुक्त नहीं होने दिया। हमेशा कहतीं–इनके खानदान की मर्यादा के लिए मैं शहीद हो गयी।

तुम नहीं, शहीद तो यह भला आदमी हुआ है दीदी। तुम्हारे असफल प्रेम की वेदी पर उसकी बलि दी गयी। ज़िन्दगीभर यह व्यक्ति अपने अनकिये अपराध की सज़ा भुगतता रहा। उपेक्षा झेलता रहा। पर मजाल है किसी को हवा भी लगने दी हो। न वाणी से, न व्यवहार से कभी किसी को अहसास भी नहीं होने दिया कि उनके दाम्पत्य में कितनी बड़ी दरार है।

आज भी अगर मैं अपनी बेवकूफ़ी भरी फ़िलॉसफ़ी न झाड़ती तो वे अपने मन की गाँठें कभी नहीं खोलते। मैं आपकी अपराधिनी हूँ जीजाजी। क्षमा कीजिएगा। आपकी वह गर्जना अब भी कानों में गूँज रही है–''नो सिम्पथी प्लीज़''।

मेरी औक़ात है जो मैं आपको सिम्पथी दूँ? हाँ, मुझे अपनी दीदी से ज़रूर सहानुभूति हो रही है। ज़िन्दगीभर पता नहीं कि किस मृमजल के पीछे हलकान होती रहीं। और घर में रखा अमृतघट अनछुआ ही रह गया।

पुण्यतिथि

"तो उर्मि बेटे, आज की तिथि अच्छी तरह याद कर लो। मेरे बाद सब कुछ तुम्हीं को सँभालना है। मेरे बेटे से कोई आशा मत रखना। वैसे भी पुरुषों को न ही इन सब बातों में रस होता है, न ही उन्हें कुछ याद रहता है। हम औरतों को ही परम्पराएँ निभानी पड़ती हैं। यह हमारी ही ज़िम्मेदारी होती है।"

"पर मम्मीजी! तिथि कैसे याद रखूँगी! मुझे तो पोथी पत्रा देखना नहीं आता।"

"कोई बात नहीं। कैलेंडर देखना तो आता है न! तो यह तारीख़ याद रखो। ग्यारह जुलाई। जैसे ही नये साल का कैलेंडर आये इस तारीख़ पर गोला लगा देना। जब जुलाई का पन्ना खुलेगा–तारीख़ अपने आप याद आ जायेगी।"

उनकी बात पूरी भी नहीं हो पायी थी कि सीढ़ियों पर जूतों की आवाज़ सुनाई दी। भुवन नीचे उतर रहा था। उसके ऑफ़िस का समय हो गया था।

"माँ। मैं निकल रहा हूँ।" उसने दरवाज़े पर खड़े होकर रोज़ की तरह कहा।

"पहले प्रणाम तो कर लीजिए।" उर्मि ने टोका।

"प्रणाम! किसे?"

"मम्मीजी, आप ठीक कह रही थीं। इन लोगों को कुछ भी याद नहीं रहता। अरे आज पापाजी की पुण्यतिथि है न।"

भुवन ने थोड़ा आगे बढ़कर रसोई में झाँका–ठाकुरजी के आले के ठीक नीचे एक चौकी बिछी थी। उस पर उसके पिता की बड़ी–सी तस्वीर रखी हुई थी।

उसकी शादी के समय यह तस्वीर ख़ासतौर पर एनलार्ज़ की गयी थी। तस्वीर पर फूलों का हार पड़ा हुआ था। सामने अगरबत्ती जल रही थी। रसोईघर का फैलारा किसी महाभोज का ऐलान कर रहा था।

भुवन ने आग्नेय नेत्रों से माँ को घूरा। वे सिर नीचा करके आलू छीलने लगीं। उर्मि लगातार उसे घूरे जा रही थी। वह असहज हो उठा। घुटी–सी आवाज़ में बोला–"जूते पहने हुए हूँ न। बाहर से ही नमस्कार कर लेता हूँ" और वह पलटकर चल दिया। पता नहीं प्रणाम किया भी कि नहीं। किया ही होगा, नहीं तो उर्मि उसे छोड़ती नहीं।

"हमारी ही ग़लती हो गयी। जूते पहनने से पहले उसे याद दिलानी थी।" उन्होंने कहा और विषय समाप्त कर दिया। ज़्यादा सोचने के लिए समय भी कहाँ था। रसोई में कितना तो काम पड़ा था।

•

ठीक बारह बजे रिक्शे में सामान लदवाकर दोनों आश्रम की ओर चल पड़ीं। बहू की मदद से उन्होंने अपनी मर्ज़ी का सब कुछ बना लिया था–खीर, पूड़ी, सब्ज़ी, पुलाव और मुंगौड़े, मन प्रसन्न था।

आश्रम पहुँचकर उन्होंने सेवकों से सामान उतरवाया और भोजन कक्ष में रखवाया। फिर बहू को लेकर स्वामीजी के कक्ष में गयीं। स्वामीजी ने बहू को ढेर सारा आशीर्वाद दिया।

फिर उसी रिक्शे में बैठकर दोनों घर लौटीं। रास्ते में बहूरानी ने कहा–"मम्मीजी। आप ये बहुत ही अच्छा करती हैं। इन लोगों को खिलाकर कितनी तृप्ति मिलती है न।"

"वैसे तो बेटा ये काम बेटे के करने के हैं। पर भुवन कभी पढ़ाई के लिए, कभी नौकरी के लिए, बाहर ही रहता आया। अभी दो साल पहले तो यहाँ पोस्टिंग हुई है। इसलिए मैंने यह तरीक़ा अपनाया है।"

"बहुत अच्छा है।" बहू ने प्रशंसा की।

घर लौटकर दोनों ने भोजन किया और अपने–अपने कमरे की राह ली। खाना खाने के बाद घण्टा–दो घण्टा सोने की उनकी आदत है। पर आज नींद ही नहीं आ रही थी। जैसे ही आँखें बन्द करतीं, भुवन की जलती आँखें उन्हें घूरने लगतीं। वह बहुत नाराज़ है वे जानती थीं। पर।

झपकी आने को ही थी कि आवाज़ आयी–"मम्मीजी! आप सोयी तो

नहीं हैं न! मैं आ जाऊँ?" और उसकी अनुमति की प्रतीक्षा किये बिना उर्मि सामने आ खड़ी हो गयी।–"मम्मीजी, एक प्रॉब्लम हो गयी है।"

"क्या?"

"आपने तो देख ही लिया कि इन्हें बाबूजी की तिथि की याद नहीं थी। इन्होंने कल ही आज के शो के टिकिट बुक कर लिए थे। कैंसल करने के लिए कह दूँ।"

"क्यों? कैंसल क्यों करोगी। यहाँ का काम तो अब निबट ही गया है। शाम को तुम लोग एकदम फ्री हो।"

"बुरा तो नहीं लगेगा?"

"बुरा क्या लगेगा? और किसे लगेगा। देवी, अब ये फालतू बात छोड़ो और जाकर आराम करो। सुबह से लगी हुई हो। मुझे भी थोड़ा–सा आराम कर लेने दो।"

सास की प्यार भरी झिड़की खाकर उर्मि चली गयी। वे भी सोने की कोशिश करने लगीं।

शाम को भुवन लौटा तब भी उसका मूड उखड़ा हुआ ही था। उन्होंने उसे अनदेखा करते हुए कहा–"तुम चाय पीकर फ्रेश हो लो। फिर मेरे साथ ज़रा चलना।"

"कहाँ?"

उसके प्रश्न को अनसुना करते हुए उन्होंने बहू से कहा–"हम लोग आधा घण्टे में लौट आयेंगे। तब तक तुम तैयार हो लेना। पिक्चर जाना है न।"

चाय पीकर भुवन उठ खड़ा हुआ–"कहाँ जाना है, चलो। लौटकर तैयार हो जाऊँगा।" और वह जाकर गाड़ी में बैठ गया। वे चुपचाप उसकी बगल में जाकर बैठ गयीं।

"कहाँ जाना है?" भुवन ने गाड़ी स्टार्ट करते हुए पूछा। "आश्रम। सुबह खाना ले गये थे। बर्तन वापस लाने हैं।" आश्रम का रास्ता भुवन का देखा हुआ था। माँ के साथ बचपन में कई बार गया था। उसने गाड़ी ले जाकर गेट के पास खड़ी कर दी। वे उतरकर भीतर गयीं। सेवकों के साथ सामान डिक्की में रखवाया। वह चुपचाप बैठा टुकुर–टुकुर देखता

रहा। लेकिन जब स्वामीजी गेट पर आये तो उतरना पड़ा। प्रणाम भी करना पड़ा।

स्वामीजी ने आशीर्वाद दिया और भुवन की माँ से कहा–बहनजी आपके घर में तो साक्षात् लक्ष्मीनारायण विराज रहे हैं। आपको कभी किसी चीज़ की कमी नहीं रहेगी।

उन्होंने पुलकित होकर स्वामीजी को प्रणाम किया और गाड़ी में आ बैठीं। जैसे ही भुवन ने गाड़ी स्टार्ट की, उन्होंने कहा–''पाँच–दस मिनट कहीं गाड़ी खड़ी कर सकते हो?''

''क्यों?''

''तुमसे कुछ बात करनी है।''

उसने चुपचाप गाड़ी एक खाली प्लॉट के सामने ले जाकर खड़ी कर दी और माँ की ओर देखने लगा।

''मुझे मालूम है तुम मुझसे बहुत नाराज़ हो।''

''तब तो यह भी पता होगा कि क्यों नाराज़ हूँ।''

उन्हें चुप देखकर उसने कहा–''आज तुम पर अचानक ये क्या भूत सवार हो गया था।''

''अचानक क्यों? मैं तो हर साल करती हूँ। बस तुम्हें अच्छा नहीं लगेगा यह सोचकर चुपचाप कर लेती थी।''

''फिर आज ही हंगामा मचाने की क्या ज़रूरत थी?''

''बेटा घर में नयी बहू आयी है। उसे उसके ससुर के वजूद का अहसास दिलाना चाहती थी। नहीं तो वह क्या सोचेगी कि कैसे लोग हैं–उस दिवंगत आत्मा को एक बार याद भी नहीं करते। हमारे लिए तो वह अध्याय समाप्त हो गया है पर..."

''जिसके वजूद से मुझे सख़्त नफ़रत है उसके लिए इतना आग्रह क्यों? पिता के रहते अनाथों की सी ज़िन्दगी गुज़ारी है मैंने। मुझे उनके प्रति ज़रा भी श्रद्धा नहीं है। और तुम्हें भी यह सब करने की क्या ज़रूरत है? तुम्हें भी तो कम दुःख नहीं दिये हैं उन्होंने।''

"सिर्फ़ दुःख ही दुःख नहीं था बेटा। थोड़ा सुख भी मेरे हिस्से में आया था। पर फिर पता नहीं क्या हुआ। मुट्ठी में बँधी रेत की तरह तिज़ोरी धीरे–धीरे खाली होती चली गयी। सब कुछ स्वप्नवत हो गया।"

''तिज़ोरी अपने आप खाली नहीं हुई थी माताश्री। उसे तुम्हारे पतिदेव

बोतल में ढालकर पी गये। और तुम्हें पनौती कहकर कोसते रहे। अपना फ्रस्ट्रेशन तुम पर निकालते रहे। छोटा था तो क्या हुआ, मुझे सब कुछ याद है।''

''इसीलिए तो तुम्हें मामा के यहाँ भेज दिया था। यह सब देखने–सुनने की उम्र नहीं थी तुम्हारी।''

''दूर था फिर भी तुम्हारे किये का अहसास था मुझे। बी.ए. पास थीं। तुम, पर तुम्हें नौकरी करने की इजाज़त नहीं थी। ख़ानदान की प्रतिष्ठा का सवाल था। फिर तुमने ख़र्च को पाटने के लिए टिफ़िन का कारोबार शुरू किया। मोहल्लेवालों को पार्टी के लिए बर्फ़ी और लड्डू बनाकर देने लगीं। लोगों के स्वेटर बुनने लगीं। इससे भी पूरा नहीं पड़ा तो तुमने ऊपर के कमरे कॉलेज के लड़कों को किराये पर उठा दिये। बाप रे, क्या हंगामा हुआ था तब।''

''हंगामा इसलिए कि वे लड़कों को रखने के पक्ष में नहीं थे। वे चाहते थे कोई परिवार आकर रहे। पर मैं इसके ख़िलाफ़ थी। परिवार आता तो घर की कोई बात दबी ढकी नहीं रहती। क्योंकि औरतों की दृष्टि बड़ी तीक्ष्ण होती है। उनसे कोई बात छिपी नहीं रहती, न उनके पेट में कोई बात पचती है। इससे तो ये लड़के अच्छे। किसी पचड़े में नहीं पड़ते। अपनी पढ़ाई में, अपने दोस्तों में मस्त रहते हैं। ऊपर से उनका टिफ़िन का काम भी मुझे मिल गया था।''

''पर उन लड़कों को लेकर तुम पर कैसे–कैसे लांछन लगाये गये थे। छुट्टियों में आता तो लगता, उफ़ किस नरक में आ गया हूँ। सोचता ये नरक ज़्यादा बुरा है या मामा वाला। अजीब साँसत में जान थी मेरी। जिस दिन इस शख़्स की मृत्यु का समाचार मिला, वह मेरी ज़िन्दगी का सबसे ख़ुशनुमा दिन था। जेल से छूटे क़ैदी की तरह मैं भागकर यहाँ आ गया था, फिर लौटकर नहीं गया। मामा कहते रह गये कि हायर सेकेंडरी तो पूरी कर लो। मैंने कह दिया, माँ अकेली है। जो कुछ पढ़ना है, यहीं रहकर पढ़ूँगा।''

''उर्मि ने कभी पूछा नहीं कि शहर में सारी सुविधाओं के होते हुए तुम वहाँ पढ़ने क्यों गये?''

''मैंने कह दिया था कि मामा प्रोफ़ेसर थे। घर में पढ़ाई का वातावरण था। यहाँ तो बस दुकानदारी का माहौल था।''

''सच बात नहीं बतायी। क्यों?''

''मैं उसकी दया या करुणा का पात्र नहीं बनना चाहता था।''

''मतलब तुम अपनी इमेज ख़राब करना नहीं चाहते थे। यही न, तो बेटा, मैं भी तो वही कर रही हूँ।''

''कैसे?''

''देखो बेटा, यह लड़की भरे–पूरे परिवार से आयी है। उसके घर में परम्पराओं का निर्वाह होता है। वहाँ रिश्तों में मिठास होती है। सम्बन्धों की मर्यादा होती है। ऐसे संस्कारों में पली लड़की को अगर पता चला कि तुम अपने पिता का तिरस्कार करते हो, तो उसके मन में अनजाने ही तुम्हारे प्रति अश्रद्धा का भाव उत्पन्न होगा। जब उसे इस नफ़रत का कारण पता चलेगा तो तुम्हारे पिता के प्रति अनादर और अनास्था उपजेगी। ऐसे में उसके मन में घर के प्रति आदर और आस्था कहाँ से आयेगी। इसीलिए मैं चीज़ों को थोड़ा सकारात्मक स्वरूप देने की कोशिश कर रही हूँ। यह लड़की धीरे–धीरे घर से जुड़ने का प्रयास कर रही है। एक बार अच्छी तरह रच–बस जाये, फिर कोई चिन्ता नहीं रहेगी। फिर सच्चाई पता चल भी गयी तो कोई फ़र्क़ नहीं पड़ेगा। और सच्चाई तो एक–न–एक दिन पता चलनी ही है। तुम्हारे मामा पक्ष के और चाचा पक्ष के लोग तो उधार बैठे हैं कि कब बहुरानी पकड़ाई में आये और कब उसे सारा कच्चा चिट्ठा सुनायें–इसीलिए मैं अभी तुम लोगों को कहीं भेजने के पक्ष में नहीं हूँ। सारे निमन्त्रण मैंने ठण्डे बस्ते में डाल दिये हैं।''

बोलते–बोलते उन्हें अजीब–सी थकान हो आयी। सिर को पीठ की टेक लेकर उन्होंने आँखें मूँद लीं। गाड़ी कब वापसी के रास्ते पर चल पड़ी, उन्हें पता ही नहीं चला। घर पहुँचकर जब भुवन ने दरवाज़ा खोला, तब वे अपनी तन्द्रा से जागीं।

बहूरानी सज–सँवरकर दरवाज़े में खड़ी थी। पति का चेहरा देखते ही बोली–''आप बहुत थके हुए लग रहे हैं। आज रहने देते हैं। फिर कभी चले चलेंगे।''

''वह थका हुआ नहीं है'' उन्होंने डपटकर कहा–''बस थोड़ा उदास हो गया है। इसीलिए तुम लोगों का जाना बहुत ज़रूरी है। थोड़ा तरोताज़ा होकर लौटोगे।''

भुवन जब तैयार होकर नीचे उतरा तो दोनों को साथ देखकर उनकी आँखें जुड़ा गयीं। स्वामीजी के शब्द याद आये–''बहनजी, आपके घर में

तो साक्षात् लक्ष्मीनारायण विराज रहे हैं। आपको कभी किसी चीज़ की कमी नहीं रहेगी।''

डर लगा कि कहीं अपनी ही नज़र न लग जाये। हे प्रभु! रक्षा करना। कितने तूफ़ानों के बाद तो यह शान्ति नसीब हुई है।

बच्चों को विदा करके गेट बन्द करते हुए उन्होंने मन–ही–मन कहा–बेटा, यह सच है कि उस आदमी ने मुझे बहुत दुःख दिये हैं। पर एक सबसे बड़ा सुख दिया है–तुम जैसा होनहार और संस्कारवान बेटा दिया है। उनका यह उपकार मैं कभी भूल नहीं सकती। उनका यह क़र्ज़ मुझ पर सदा रहेगा। इसीलिए साल में एक बार उन्हें याद कर लेती हूँ।

रिश्ते तो श्मशान से चले आ रहे हैं

जानती थी, सविता जाने से पहले मिलेगी ज़रूर। मैं पूरी तैयारी के साथ उसकी प्रतीक्षा कर रही थी। जैसे ही उसने आकर पैर छुये, मैंने उसे वह पैकेट थमा दिया।

उसने पैकेट खोला और एकदम गद्‌गद हो गयी। ''हाय कितनी प्यारी साड़ी है। थैंक्यू दीदी। थैंक्यू वेरी मच।''

यह सुनकर मैंने कहा, ''नालायक, इधर दीदी भी कह रही है और थैंक्स पर थैंक्स भी दिये जा रही है!''

''सॉ...री। अब आपको थैंक्स दूँ भी तो किस–किस बात के लिए, सारी रात गिनती में ही निकल जायेगी!''

''चुप, यह बता साड़ी पसन्द आयी कि नहीं। दरअसल तुम्हें साथ ले जाना चाहती थी, ताकि तुम्हारी पसन्द से ख़रीद सकूँ, पर तब सरप्राइज़ नहीं रहता।''

''उसकी ज़रूरत ही नहीं थी, आपकी पसन्द इतनी अच्छी है कि ग़लत चीज़ आप ख़रीद ही नहीं सकतीं। और सरप्राइज़ का तो आनन्द ही अलग है। वैसे आज का दिन मेरे लिए अनेक सरप्राइज़ लेकर आया है।''

''एक तो आपने सरप्राइज़ दिया, उससे पहले दफ़्तर में फेयरवेल पार्टी और सबसे बड़ा सरप्राइज़ तो दुबेजी ने दिया।"

''कौन दुबे?'' मैंने पूछा।

''आपके सेक्शन ऑफ़िसर।'' उसने जवाब दिया।

''हाँ।'' और इधर–उधर नज़र दौड़ाकर उसने धीरे–से कहा, ''आज सुबह उन्होंने मुझे प्रपोज़ किया।''

''क्या?'' मेरी तो चीख़ ही निकल गयी। अच्छा है जो केबिन की दीवारें काँच की हैं, नहीं तो लोग दौड़े चले आते। मैंने तुरन्त ख़ुद को सँभाला और उससे पूछा, ''आज ऑफ़िस कैसे आयी हो?''

''ऑटो से, प्राजला ने कहा था साड़ी पहनकर आना। साड़ी पहनकर मुझसे एक्टिवा चलाते नहीं बनती।''

''अच्छा किया, चलो मैं घर छोड़ती हूँ।'' फिर हम कार में आकर बैठ गये। मैंने कार स्टार्ट करते हुए कहा, ''अब बताओ। मुझे बेसब्री हो रही है, दुबेजी ने किस तरह प्रपोज़ किया?''

''सुबह–सुबह मेरी मेज़ के सामने आकर बैठ गये। मुझे लगा बेस्ट विशेज़ देने आये होंगे। शुभकामनाएँ उन्होंने दीं और नये ऑफ़िस, नये लोगों के बारे में भी जानकारी दी। फिर एकदम बोले, सविताजी! आपने शादी क्यों नहीं की?''

मैंने कहा, ''सर, ऑफ़िस में सब जानते हैं, बारह साल पहले मेरे पिताजी को अचानक दिल का दौरा आया, उस समय मैंने बस स्नातक पूरा किया ही था। दोनों छोटे भाई पढ़ रहे थे। मैंने अनुकम्पा नियुक्ति के लिए आवेदन दिया और संयोग से मुझे नौकरी मिल गयी। पिता का पद तो नहीं मिला, पर जो मिला वही हमारे लिए नियामत थी। घर की ज़िम्मेदारियाँ निभाते–निभाते इतनी व्यस्त हो गयी कि शादी का विचार ही नहीं आया।''

यह सुनकर वे बोले, ''ज़िम्मेदारियाँ ख़त्म हुईं या बाक़ी हैं?''

''क़रीब–क़रीब ख़त्म ही समझिए। बड़े भाई की इंजीनियरिंग हो गयी है, छोटे की डॉक्टरी का आख़िरी साल है। इंटर्नशिप के बाद नौकरी पक्की है। भाइयों ने भी कह दिया है कि नौकरी लगते ही मुझे शादी के लिए तैयार होना पड़ेगा। दादागिरी नहीं चलेगी।''

इतना सुनकर वे बोले, ''तो जब भी शादी के लिए सोचें, मुझे याद कीजिएगा।''

मैंने कहा, ''क्या मतलब?''

दुबेजी बोले, ''इसे मेरा प्रपोज़ल समझिए।''

यह सुनते ही जैसे मैं आसमान से गिरी। मैं आपसे भी ऊँची आवाज़ में चीख़ी थी। फिर कुछ सँभलकर कहा, ''सर, मिसेज़ दुबे की मृत्यु को अभी मुश्किल से आठ महीने बीते हैं।''

''उससे क्या होता है? वह पिछले दो साल से बिस्तर पर थीं, यह भी जानती हो न।''

उनकी इस बात का निहितार्थ समझ में आते ही मुझे तो जैसे उबकाई

आने लगी। अच्छा हुआ गंगाराम उसी समय चाय लेकर आ गया और मैं उत्तर देने से बच गयी।

फिर जाते–जाते बोले, ''थिंक ओवर इट।''

''तुमने इस प्रपोज़ल के बारे में क्या सोचा?''

''ये प्रपोजल भी सोचने लायक? मुझे तो याद करके भी झुरझुरी हो रही है। अच्छा हुआ आख़िरी दिन उन्होंने यह बात कही, नहीं तो दुबेजी का सामना करना भी कठिन होता।''

सविता की बातों ने मेरे मन में भी उथल–पुथल मचा दी थी। घर आकर भी उसकी बातें दिल से निकल नहीं पा रही थीं। दुबेजी पर रह–रहकर गुस्सा आ रहा था। पत्नी को मरे मुश्किल से आठ महीने गुज़रे हैं, घर में पन्द्रह साल की बेटी और तेरह साल का बेटा है और वह सविता जैसी नाज़ुक–सी लड़की से शादी के सपने देख रहे हैं। घर की विषम परिस्थिति के कारण उसे नौकरी करनी पड़ रही है, इसका यह मतलब थोड़े ही है कि उसकी शादी की उम्र निकल गयी है। अब भी उसके लिए अच्छे रिश्ते जुड़ सकते हैं। उसके भाई जहाँ सेटल हो जायें, तो मैं ख़ुद आगे बढ़कर उसके लिए एक अच्छा–सा लड़का ढूँढ़कर लाऊँगी।

एक दिन हेड ऑफ़िस मीटिंग में गयी थी। लौटते समय दुबेजी मिल गये। औपचारिकतावश मैंने घर व बच्चों के हालचाल पूछे।

''कुछ न पूछिए मैडम। हाल बेहाल है। अम्मा एकदम पस्त हो गयी हैं। गाँव लौट जाना चाहती हैं। पर घर में जवान होती लड़की है, उसे अकेले कैसे छोड़ दें। बच्चों से एक मिनट नहीं बनती। मुझे रोज़ धमकी देती हैं कि शादी कर, नहीं तो मैं बड़े भाई के पास चली जाऊँगी।''

''तो शादी कर रहे हैं?'' मैंने पूछा।

''अम्मा और बच्चों के लिए करनी ही पड़ेगी।'' उन्होंने कहा।

यह सुनकर मैंने कहा, ''मेरी एक मौसेरी बहन है–बाल विधवा है। तेरह की उम्र में ब्याही गयी। पन्द्रह की उम्र में घर लौट आयी। अब बेचारी भाभियों की जचकी कर रही है। उनके बच्चे पाल रही है। सुबह–शाम रसोई में खटती है। बचे समय में माँ की सेवा करती है। कितनी बार कहा कि दो–चार साल,के लिए मेरे पास भेज दो। आठवीं पास है, मैं बारहवीं करा दूँगी। कोई ट्रेनिंग दिलवा दूँगी। लड़की अपने पैरों पर खड़ी हो जायेगी। पर कोई सुनता ही नहीं है। आख़िर मुफ़्त की नौकरानी कैसे जाने देंगे।''

"मैडम, हमारे यहाँ तो श्मशान से ही रिश्ते आना चालू हो जाते हैं। पर गाँव–देहात की लड़की के साथ बच्चे सामंजस्य नहीं बैठा पायेंगे, इसलिए अब तक सारे रिश्ते लौटाता रहा हूँ। आप जिनकी बात कर रही हैं वे विडो हैं न? अम्मा कभी नहीं मानेंगी। पढ़ी–लिखी होतीं, तो एक बात थी, मैं अम्मा को मना लेता।"

"पढ़ी–लिखी तलाकशुदा चलेगी?" दुबेजी बोले।

"तलाकशुदा...?" कुछ देर सोचकर मैंने कहा, "हाँ। एलआईसी में काम करती है। पच्चीस हज़ार वेतन है।" दुबेजी बहुत उत्साहित होते उससे पहले मैंने अगला वाक्य भी ठोंक दिया, "आठ साल का एक लड़का है।"

"मेरा पहले ही एक बेटा है, दूसरा नहीं।" दुबेजी ने कहा।

बेटे को रखने वाला कोई नहीं है। मैडम ने भागकर शादी की थी, तो वह दरवाज़ा भी बन्द हो चुका है। और जिसके लिए घर छोड़ा, वह नालायक नौकरी ढूँढ़ने अमेरिका गया, तो वहीं का हो गया। मेरी सहेली कहती है, "बच्चा तो मैं अच्छे से पाल लूँगी, पर मैं उसे घर–परिवार और पिता का प्यार देना चाहती हूँ।"

दुबेजी बोले, "बच्चा नहीं होता, तो हम एक बार सोच सकते थे। अम्मा बच्चे के लिए कभी राज़ी नहीं होंगी। शहर में बहुत–सी लड़कियाँ होती हैं, जो बड़ी उम्र तक बिन ब्याही रह जाती हैं। सोचता हूँ उनमें से किसी का उद्धार कर दूँ।"

मैंने कहा, "दुबेजी, जो लड़कियाँ बड़ी उम्र तक बिन ब्याही रह जाती हैं, वे ऐसे शौक़िया नहीं रहतीं। उसके पीछे कारण, समस्याएँ, परेशानियाँ, ज़िम्मेदारियाँ होती हैं। उनसे शादी करने का मतलब है, उनकी परेशानियाँ, ज़िम्मेदारियाँ साझा करना। आपसे हो सकेगा यह सब?" यह सुनकर दुबेजी बोले, "अरे राम का नाम लीजिए। मेरी अपनी ही परेशानियाँ क्या कम हैं?"

और उस दिन यह चर्चा इसी बिन्दु पर शेष रह गयी।

छह–सात महीने बाद सविता एक दिन अचानक ऑफ़िस में प्रकट हुई। देवीजी शादी का कार्ड देने आयी थीं। मैंने गले लगाकर उसे बधाई दी और कार्ड पढ़ा। फिर पूछा, "ये मनीष जी इतने दिन तक कहाँ थे? बड़ा इन्तज़ार करवाया।"

वह बोली, "समझ लीजिए मेरे ही भाग्य से कुँआरे रह गये थे। मर्चेंट नेवी में थे। तीन–तीन बहनों की ज़िम्मेदारी थी। तीनों से निबट गये, तो नौकरी छोड़कर घर आ गये। बोले अब घर छोड़कर नहीं जाऊँगा। यहाँ कोई बिज़नेस कर लूँगा।"

"बिजनेस इतना आसान नहीं होता मैडम। जोख़िम होता है।"

"जोख़िम कहाँ नहीं दीदी और तब तक मेरी नौकरी तो है न।"

वह इतनी उत्साहित थी कि उसकी ख़ुशियाँ धूमिल करने का मन नहीं हुआ। फिर मैंने चुटकी लेते हुए पूछा, "दुबेजी को कार्ड दिया कि नहीं?"

"दुबेजी माय फुट। सबको बाँटेंगे, तो उन्हें भी मिल जायेगा। और मैं चाहती भी नहीं कि वे आयें।"

फिर एक रोज़ दोपहर को अचानक दुबेजी मेरे केबिन में आये। बैठते ही शुरू हो गये, "मैडम! आप अपनी किसी बाल विधवा बहन के बारे में बता रही थीं..."

मैंने बताया, "आख़िर में मेरी कोशिशें रंग ले ही आयीं। मैंने मौसी को ख़ूब समझाया कि अपने स्वार्थ के लिए लड़की की ज़िन्दगी मत ख़राब करो। तुम्हारे बाद वह नौकरानी बनकर रह जायेगी। और भाइयों के बाद उसका क्या हाल होगा, लोग सीधे वृद्धाश्रम भेज देंगे। मौसी के दिमाग़ की बत्ती देर से जली और उसका रिश्ता कर दिया।"

यह सुनकर दुबेजी बोले, "मतलब उसकी शादी हो गयी?"

मैंने कहा, "हाँ, अभी तक भाभियों की रसोई में खटती थी, अब अपने घर में खटेगी। पहले माँ की सेवा करती थी, अब सास की करेगी। कुछ नहीं तो पहनने–ओढ़ने का सुख तो मिलेगा।"

"और वह तलाकशुदा?" उन्होंने डरते–डरते पूछा।

लौट के बुद्धू घर आ गये हैं। मैंने बहुत डाँट लगायी थी कि इसे दरवाज़े पर खड़ा मत करना, तुम्हें बहुतेरे मिल जायेंगे। तो बोली, "मुझे बहुतेरे मिल जायेंगे पर मेरे बच्चे को पिता कहाँ मिलेगा।"

दुबेजी चाय पीकर चुपचाप उठकर चले गये, तो मन हो रहा था कि पूछूँ–वो जो श्मशान से रिश्ते चले आ रहे थे, उनका क्या हुआ? पर जले पर नमक छिड़कने का मन नहीं हुआ।

वेलडन पापा

मैं चाय लगवा रही थी कि इन्होंने भीतर आकर कहा, "सुनो, वो जो नीली शर्ट वाला है न, उसे ध्यान से देखना।"

"क्यों?" मैंने पूछा।

मेरी बात का जवाब दिये बिना ही ये बाहर चले गये। मुझे इतना ताव आया, हर चौथे–पाँचवें रोज़ कोई न कोई चाय पर या खाने पर होता है, किस–किसको देखूँ मैं। कोई नये आये हैं, कोई ट्रांसफ़र होकर जा रहे हैं, किसी की नयी–नयी शादी हुई है। इन्हें बस बुलाने का बहाना चाहिए। अब ये दो रंगरूट ऑफ़िस में नये–नये आये हैं। वे ख़ुद किसी विजिट पर आते, तो एक बात थी। बाक़ायदा निमन्त्रण देकर बुलाने की क्या ज़रूरत थी।

श्याम के हाथ चाय भिजवाकर मैं भी बाहर आ गयी। दोनों ने उठकर नमस्ते की। दोनों ही स्मार्ट और सुदर्शन थे। एक का पहनावा हरियाणवी टच लिए हुए था, दूसरा नीली शर्ट वाला ठेठ इन्दौरी लग रहा था। फिर जमकर बातें हुईं। इन्दौर का नमकीन, इन्दौर के मॉल्स, इन्दौर की सड़कें, माँडू, महाकाल, पातालपानी, पिपल्यापाला। समय कैसे बीत गया, पता नहीं चला। घर से दूर जब कोई अपना मिल जाता है, तो कैसा लगता है–बस वैसी ही अनुभूति हुई। वो लोग दरवाज़े के बाहर भी नहीं पहुँचे होंगे कि इन्होंने पूछा, "लड़का कैसा लगा?"

"वो इन्दौर वाला न! ख़ूब अच्छा," मैंने कहा।

"विभा के लिए बात कर लें?" इन्होंने पूछा।

"सच, मेरे मन में भी यही बात आ रही थी। ज़रा उसके घर–द्वार के बारे में पता करो।" मैंने कहा।

"कर लिया है, कब से इस मिशन पर हूँ। पिता विभाग में अकाउंटेंट हैं। तीन भाई–बहनों में यह सबसे बड़ा है। आनन्द नगर में अपना एलआईजी मकान है," इन्होंने बताया।

"विभा एलआईजी में रहेगी?" मैंने नाक सिकोड़कर कहा।

"देखो, लड़के की इंजीनियर की नौकरी है, और इन्दौर में अपना मकान होना ही बड़ी बात है। और विभा को वहाँ कितना रहना है? वह तो पति के साथ बँगले में रहेगी," इन्होंने समझाते हुए कहा।

"फिर भी...ख़ैर, ठीक है। पापा को बता दो। अन्तिम निर्णय तो उन्हीं को लेना है," मैंने कहा।

आनन–फानन पापा को फ़ोन किया गया। वे बोले, "जो बच्चे विपरीत परिस्थितियों में पलकर बाहर निकलते हैं, वे बड़े होनहार होते हैं। मेरी तरफ़ से हाँ है। विभा से पूछकर बताता हूँ।"

पापा के जवाब के रूप में चौथे दिन विभा रानी ख़ुद ही आ गयी। मुझे बड़ी ख़ुशी हुई। फिर उन लोगों को खाने पर निमन्त्रण दिया गया। हरियाणा वाला समझदार था। समझ गया कि कुछ और ही खिचड़ी पक रही है। उसने कोई बहाना बनाकर क्षमा माँग ली। उस दिन गप्पों की महफ़िल देर तक चली। इस बार ललित कुछ खुला। उसने ख़ूब क़िस्से और चुटकुले सुनाये। प्रोफ़ेसर्स की नक़ल उतारी। विभा ने भी ख़ूब आनन्द लिया। इन्होंने अपना मत स्पष्ट कर दिया। विभा को थोड़ी देर उसके साथ अकेले छोड़ दिया। कहा कि तुम्हारी हाँ हो तो बताना। फिर हम तुम्हारे घरवालों से बात करेंगे। दो दिन बाद उसका फ़ोन आ गया और विभा के साथ इन्दौर के लिए रवाना हो गयी। अपने पतिदेव पर सचमुच गर्व हो रहा था। कितने अपनेपन से वे पापा की मदद कर रहे थे। हम लोगों के इन्दौर पहुँचने के बाद पापा ने ललित के पिताजी से फ़ोन पर सम्पर्क किया। पापा ने उन्हें सपरिवार चाय पर आने का निमन्त्रण दिया। वे आये तो, पर सपरिवार नहीं। सिर्फ़ अपनी कन्या को साथ लाये। "घर में हमारी भाभी हैं। मिसेज़ उन्हें छोड़कर कहीं जाती नहीं है। और शुभ कार्य में भाभी को साथ लाया जाये..." उन्होंने वाक्य पूरा नहीं किया, पर उनका पूरा वाक्य मैं समझ गयी। पहला ध ाक्का वहीं लगा। इस युग में ऐसी सोच? पर यह तो शॉक ट्रीटमेंट की शुरुआत थी।

वे लोग रिक्शे पर आये थे। पापा ने शमशेर को उन्हें घर छोड़ने के लिए कहा। लौटकर वह बड़े मायूस अन्दाज़ में बोला, "सर, वह घर बेबी के लायक नहीं है।" मैंने पतिदेव की बात दोहराते हुए कहा, "उसे कौन–सा वहाँ रहना है। वह तो इंजीनियर साहब के बँगले में रहेगी।" ललित के पिता जाते समय कह गये थे, "कल सुबह आ जाइएगा, बात कर लेते हैं।"

पापा सुबह–सुबह तैयार हो गये। माँ से चलने के लिए कहा तो वे साफ़ मुकर गयीं। अगर उनकी बीवी अपने घर नहीं आ सकती तो मैं क्या फालतू हूँ। पापा बोले, "मैं चाहता था कोई महिला मेरे साथ चले। क्योंकि औरतों की नज़र बड़ी पैनी होती है, जो बात हम लोगों को नज़र नहीं आती, आप लोग तुरन्त पकड़ लेती हो।"

"पापा मैं चल रही हूँ, उनके साथ उनकी बेटी आयी थी, आपके साथ आपकी बेटी जायेगी" मैंने तुरन्त कहा। "पर उनकी बेटी की तरह मुँह में दही जमाकर नहीं बैठ जाना, ठीक से पूछताछ करना" माँ ने ताकीद की। रविवार का दिन था, इसलिए ड्राइवर छुट्टी पर था। पर पापा ने सब ठीक से समझ लिया था। इसलिए पूछते–ताछते पहुँच ही गये। घर का प्रथम दर्शन बहुत ही डिप्रेसिंग था। शमशेर ठीक ही कह रहा था। घर कहीं से विभा के लायक नहीं था।

लकड़ी का छोटा–सा दरवाज़ा खोलकर हम अन्दर घुसे। दस–बारह बदरंग गमलों को पार करके बरामदे तक पहुँचे (अगर उसे बरामदा कहा जाये तो) ऊपर टीन की छत थी, इसलिए उसे बरामदा कहा जा सकता था। वहाँ दो मूढ़े पड़े हुए थे। उनमें से एक पर एक बुज़ुर्ग–सी महिला बैठी माला जप रही थीं। शायद यही वो भाभी होंगी, जिनका ललित के पिताजी ने ज़िक्र किया था। मैंने आगे बढ़कर कुछ कहना चाहा, तो उन्होंने हाथ के इशारे से मुझे बैठने को कहा। मूढ़ा तो एक ही था। मैंने पापा से कहा, "आप बैठिए।" और मैं इधर–उधर देखने लगी। कोने में एक तिपाई रखी थी, मैं उसे उठा लायी पर बैठने की हिम्मत नहीं हुई। उस पर चाय के गोल–गोल धब्बे बने हुए थे। सोचा अगर जंग खायी भी हुई, तो साड़ी का सत्यानाश हो जायेगा। मैं कुछ देर असमंजस में खड़ी रही। तभी उस महिला ने माला को उँगलियों में लपेटा, माथे से छुवाया और उठ खड़ी हुई। फिर बिना एक शब्द बोले धीरे–धीरे भीतर चली गयी।

पापा बोले, ''कुर्सी खिसका लो, नहीं तो मुश्किल होगी।''

''पापा हम लोग चलते हैं,'' मैंने कहा।

''अरे, अभी–अभी तो आये हैं,'' पापा ने कहा।

''पता नहीं भीतर वाले को हमारे आने की ख़बर है भी कि नहीं। वहाँ तो ज़ोर–ज़ोर से पूजा–पाठ हो रहा है, यहाँ तक सुनाई आ रहा है। वह महिला यहाँ बैठी थीं इसलिए मैंने घण्टी भी नहीं बजायी,'' फिर पापा बोले।

''सवाल यह पैदा होता है कि घण्टी है भी कि नहीं,'' मैंने कहा।

''घर का हुलिया देखकर तो घण्टी पर शक़ हो रहा है,'' पापा बोले।

उसी समय कल वाली सुकन्या पानी के गिलास लेकर आयी और बोली, ''पापा पूजा कर रहे हैं।''

''मम्मी कहाँ हैं?'' मैंने पूछा।

''मम्मी खाना बना रही हैं,'' सुकन्या ने बताया।

''उनसे कहो, कल जहाँ गये थे, वे लोग आये हैं,'' मैंने कहा। वह भीतर चली गयी, फिर देर तक कोई बाहर नहीं आया। केवल मन्त्रोच्चारण सुनाई देते रहे।

''पापा लेट अस गो। दिस इज़ वेरी इनसल्टिंग।''

''हम लड़कीवाले हैं बेटा। लड़कीवालों को इज़्ज़त देने की प्रथा हमारे यहाँ नहीं है। मेरी भी इच्छा यहाँ बैठने की नहीं है। पर बीच में छोड़कर कैसे चला जाऊँ। कल को सब कहेंगे कि विभा के लिए इतना अच्छा घर–वर छोड़ दिया। आप लोगों से ज़रा–सा सब्र करते नहीं बना।''

''वाह रे, घर'' मैंने मुँह बिचका दिया।

भीतर मन्त्रोच्चारा बन्द हो गया था और आरती गान शुरू हो गया। कोई आधा दर्जन आरतियाँ गाने के बाद शान्ति स्थापना हुई। कुछ ही क्षणों में गृहस्वामी बाहर आये, शरीर पर सिर्फ़ एक धोती बाँधे हुए। हम लोग शिष्टाचारवश उठ खड़े हुए। हमें अनदेखा करते हुए वे सीधे आँगन में गये। तुलसी के पौधे को जल चढ़ाया और हमारी ओर हाथ उठाते हुए भीतर चले गये।

''ये आशीर्वाद की मुद्रा में हाथ उठाकर कहाँ अन्तर्धान हो गये,'' मैंने खीजकर कहा।

''वे आशीर्वाद नहीं दे रहे थे, बल्कि दो उँगलियाँ उठाकर कह रहे थे कि अभी दो मिनट में आता हूँ,'' पापा ने बताया। कोई पाँच मिनट बाद वे कपड़े पहनकर अवतरित हुए।

"अरे, आप लोग बाहर क्यों बैठे हैं? भीतर आइए न।"

कहने का मन हुआ कि हमें किसी ने भीतर बुलाया ही नहीं, तो कैसे आते। पर उनकी उम्र का ख़याल करके चुप रह गयी। भीतर का नज़ारा भी बहुत आकर्षक नहीं था। इट वाज़ ईक्वली डिप्रेसिंग। बाबा आदम के ज़माने का एक बदरंग सोफ़ा पड़ा था, जिसके नीचे एक पुरानी मटमैली दरी पड़ी हुई थी। टेबल एकदम बेमेल थी। लगता था किसी फ़र्नीचर की नीलामी से उठाई गयी है। सदियों पुराना एक पंखा ऊपर झूल रहा था, जो हवा कम और आवाज़ ज़्यादा दे रहा था। गनीमत है कि यहाँ पंखा तो था। बाहर बरामदे में तो प्राकृतिक हवा पर ही सन्तोष करना पड़ा। था। कमरे में सामान ठूँस–ठूँसकर भरा गया था। दीवार पर कैलेंडरों की भरमार थी। सब में देवताओं के चित्र थे। दो–तीन फ़ैमिली फ़ोटो भी लटक रहे थे। कमरे की सज्जा से बिलकुल भी मेल न खाता हुआ नया चमचमाता टीवी एक दीवार की शोभा बढ़ा रहा था। शायद बेटे की पहली पगार का उपहार था।

"सॉरी" उन्होंने गला खँखारकर कहा, "आज नहाने में थोड़ी देर हो गयी। नल बहुत देर से आये थे न।"

"इट्स ओके" पापा ने कहा।

"अब और देर न करेंगे। वह काम कर लें, जिसके लिए आये हैं। लेट अस कम टू द पॉइंट।"

"पॉइंट यह है" उन्होंने दुबारा गला साफ़ करते हुए कहा, "हमें बिटिया की हाइट ज़रा कम लगी। माफ़ करना, पर मेरे बेटे की हाइट पाँच फुट नौ इंच है।"

मैं तो भरी बैठी थी, एकदम फ़ट पड़ी, "हाइट तो आपको पहली नज़र में ही पता चल गयी होगी। फिर ये बात कहने के लिए आपने चौबीस घण्टे क्यों ले लिए?"

उन्होंने आँखें तरेरकर मुझे देखा। उन्हें मेरी, एक स्त्री की ये बेअदबी पसन्द नहीं आयी होगी। तल्ख़ स्वर में बोले, "एकदम कैसे कह दें। कुछ विचार–विमर्श भी तो करना होता है कि नहीं। यहाँ रोज़ के रिश्ते चले आ रहे हैं। सबके साथ तालमेल बिठाना होता है।"

"रिश्तों का तो ऐसा है अंकल, कल को आप किसी बिजली के खम्भे को भी लड़का बनाकर खड़ा कर दोगे, तो उसके लिए भी रिश्ते आने लगेंगे।" पापा ने

धीरे–से मेरा बाजू दबाकर मुझे चुप रहने का संकेत किया। सच तो यह था कि मैं अपमान से सुलग उठी थी। मुझे रोना भी आ रहा था। पर मैं इस घटिया आदमी के सामने रोना नहीं चाहती थी। इसलिए गुस्से से फनफना उठी थी। पापा ने शान्त स्वर में कहा, ''देखिए, आपके बेटे की रज़ामन्दी के बाद ही हम आगे बढ़े हैं। उसने हाँ कर दी। उसके बाद ही हमने आपसे सम्पर्क किया है।''

''उसे क्या अकल है? अव्वल दर्जे का बेवकूफ़ है वो। पहली लड़की देखी और हाँ कर दी।''

''कितनी लड़कियाँ देखने का प्लान है?'' मेरे इस व्यंग्य को वे सहजता से पी गये और बोले, ''अभी तो शुरुआत है,'' बेटे के बाप होने के दर्प से उनका चेहरा दमक रहा था।

''आपने एक बार ललित से बात तो कर ली होती,'' पापा ने कहा।

''वो तो रात को ही कर ली थी।''

''उसने क्या कहा?''

''वह बोला, आप जैसा ठीक समझें, करें। मैंने तो मुलाहिजे में हाँ कर दी थी।''

पापा एकदम उठकर खड़े हो गये, ''कम ऑन बेटी, लेट अस गो।'' तभी उनकी सुकन्या चाय लेकर हाज़िर हुई।

''चाय तो पीते जाइए।''

''नो थैंक्स'' पापा ने कठोर स्वर में कहा और चल पड़े। दरवाज़े तक आकर पापा रुके, फिर मुड़कर उन्होंने कहा, ''माफ़ कीजिए भाईसाहब, एक सन्देश देना चाहूँगा। प्लीज़ बुरा मत मानिएगा। बेटा आपका इंजीनियर हो गया है। अब रिश्तों की लाइन लग जायेगी, तो उन लोगों के लिए बाहर चार–पाँच ढंग की कुर्सियाँ लगवा दीजिए। हो सके तो ये पंखा बदल दीजिए। यूँ तो आपका सोफ़ा भी रिटायर करने लायक हो गया है। पर सबसे पहले एक अच्छा–सा टी सेट ले आइए। आपके बेटे की प्रेस्टीज का सवाल है।'' सुकन्या के हाथ में रखी ट्रे एकदम ऐसे थरथरायी कि लगा अब गिरी कि तब गिरी। उसके पिता भी ज़रूर थरथराये होंगे। पर उनकी प्रतिक्रिया देखने के लिए हम लोग रुके नहीं, सीधे बाहर आ गये। गाड़ी में बैठते ही मैं पापा के कन्धे से झूल गयी, ''वेलडन पापा, वेरी वेलडन।''

ममा'ज़ ब्वॉय

वो महिला जाने के लिए उठी ही थीं कि मनोज दफ़्तर से लौट आया। दरवाज़े में ही सामना हो गया। उन्होंने नमस्ते की। मनोज ने गर्दन की हल्की–सी जुम्बिश के साथ उसका उत्तर दिया और भीतर चला गया। मनीषा उन्हें छोड़ने गेट तक चली गयी। मैं असमंजस में कुछ देर खड़ी रही फिर कुर्सी पर बैठ गयी।

मनीषा उन्हें विदा करके लौटी, तब तक मनोज भी फ्रेश होकर आया था। छूटते ही बोला, "ये नौटंकी यहाँ क्यों आयी थी? छी:–अपनी नहीं उनकी उम्र का तो ख़याल कीजिए।" मनीषा के स्वर में हलका–सा रोष था।

"सॉरी! अब यह बताओ यहाँ क्यों आयी थी?"

"नाटक की टिकिट बेचने। उनका क्लब कैंसर पीड़ित गरीब महिलाओं के लिए चैरिटी शो कर रहा है। नटरंग ग्रुप उनके लिए 'हयबदन' प्रस्तुत कर रहा है।"

"कितने टिकिट लिए?"

"दो।" मौसी जी बोलीं–"तुम दोनों चले जाना। मैं बच्चों को देख लूँगी।"

"आय एम लीस्ट इंट्रेस्टेड।"

"तो आप घर पर रुक जाना। मैं और मौसी चले जायेंगे।"

मनोज का चेहरा तमतमा गया था। किसी अप्रिय स्थिति को टालने के लिए मुझे ही हस्तक्षेप करना पड़ा–"मनीषा! ऑफ़िस से लौटे पति से कोई बात मनवानी हो तो पहले उसके सामने गरमागरम चाय–नाश्ता परोसना चाहिए।"

"सॉरी मौसी जी, मुझे याद ही नहीं रहा, कहते हुए मनीषा उठी और किचन में चली गयी। मनोज ने एक पेपर उठा लिया और उसमें सिर

डालकर बैठ गया। मुझे बड़ा अजीब लगा सुबह जब मैं पहुँची थी तो वह ऑफ़िस जाने की तैयारी में था। मुझे यूँ अचानक आया देखकर मनीषा का चेहरा आश्चर्य और ख़ुशी से खिल उठा था। पर इस बन्दे ने गहन गम्भीर स्वर में बस इतना ही कहा था–आप अचानक कैसे आ गयीं? ख़बर कर देतीं तो मैं स्टेशन पर आ जाता।

इतना कहकर वह निकल गया था। ठीक है, उस समय बात करने का समय भी नहीं था। दफ़्तर को देर हो रही थी। पर अब तो फुरसत में हो भाई। अब तो बोलो। कुछ मेरे हालचाल पूछो, कुछ अपने बताओ। ये क्या कि सुबह पढ़ा हुआ पेपर फिर पढ़ने बैठ गये।

बैठे–बैठे मैंने मेज़ पर रखी पत्रिकाएँ पलटना शुरू कर दिया–"अरे वाह! ये अमृत कलश, साधना संदीपनी वग़ैरह पत्रिकाएँ तुम्हारे यहाँ अब भी आ रही हैं।"

"हाँ, और आती रहेंगी।" उसने चेहरे से पेपर हटाते हुए कहा, ''ये मम्मी की प्रिय पत्रिकाएँ थीं। इस घर में उनका स्थान हमेशा रहेगा।''

''अच्छा है न! इसी बहाने मम्मी की याद ताज़ा हो जाती होगी।''

''मम्मी को याद करने के लिए मुझे किसी बहाने की ज़रूरत नहीं है।'' उसने तुनककर कहा–"ये सिर्फ़ इस बात का द्योतक है कि मम्मी इस घर की मालकिन हैं और उनकी इच्छा हमारे लिए सर्वोपरि है।"

मैं चुप हो गयी, कहती भी क्या। उसी ने बात आगे बढ़ायी।

"इसी के चलते मैंने बरसी हरिद्वार जाकर मनायी। मम्मी को इन कर्मकाण्डों में ज़रा भी विश्वास नहीं था। मेरा बस चलता तो मैं तेरही भी वहीं जाकर मनाता। पर ताऊजी लोगों ने इतना दबाव बनाया कि सारे स्वाँग करने पड़े। झुण्ड के झुण्ड लोग आ गये थे। उनके लिए कुछ तो करना था।"

मुझसे नहीं रहा गया तो मैंने कहा–"देखो बेटा, ये जो झुण्ड के झुण्ड लोग आते हैं वे कोई बाहर के नहीं होते, वे अपने ही होते हैं। अपना पैसा और समय ख़र्च करके वे इसलिए आते हैं कि दुःख की इस घड़ी में तुम्हारे साथ खड़े हो सकें। दिवंगत आत्मा के प्रति अपनी श्रद्धा व्यक्त कर सकें।"

''दिवंगत के प्रति उनकी कैसी श्रद्धा थी सब पता है,'' उसने घुटी आवाज़ में कहा। फिर मैं चुप हो गयी। कहने को अब था ही क्या।

रात को बड़ी देर तक नींद नहीं आयी। मनोज के बारे में ही सोचती रही। कितना बदल गया है यह लड़का। बचपन में कितना बातूनी और स्नेहिल हुआ करता था। मौसी लोगों का पल्ला नहीं छोड़ता था। इस पीढ़ी की पहली सन्तान होने के कारण घरभर का लाडला भी था।

फिर वह धीरे–धीरे हिचकने लगा। हमने उस पर ज़्यादा ग़ौर नहीं किया। पढ़ाई के कारण, नौकरी के कारण बच्चे दूर होते जाते हैं। शादी के बाद उन्हें अपने बीवी–बच्चों को भी वक़्त देना पड़ता है और फिर हम लोगों की अपनी गृहस्थी है। ज़्यादा सोचने के लिए वक़्त ही कहाँ है।

लेकिन आज का उसका व्यवहार इतना रूखा था कि मुझे अखर ही गया। सुबह ही मैंने कहा था कि तुम लोगों से मिलने का बहुत मन हो रहा था। इसीलिए मैं बरसी की प्रतीक्षा कर रही थी। पर जब तुम लोगों ने अकेले ही हरिद्वार में श्राद्ध सम्पन्न कर लिया तो मुझसे रहा ही नहीं गया। पहली फुरसत में मैं तुमसे मिलने चली आयी।

मेरी बात सुनकर उसने एक बार भी नहीं कहा कि मौसी आप आ गयीं, बहुत अच्छा किया। हम लोग आपको बहुत मिस कर रहे थे। बल्कि उससे ज़्यादा प्रसन्नता तो उसकी बीवी ने व्यक्त की थी। तो क्या मेरा शुमार भी झुण्ड के झुण्ड लोगों में हो गया था?

दूसरे दिन सुबह हम लोग नाश्ता कर रहे थे कि महरी ने दरवाज़े पर खड़े होकर कहा, "मैडम जी। मैं जा रही हूँ।"

"अच्छा राधा," मनीषा ने कहा और हमारे लिए चाय डालने लगी।

महरी के जाते ही मनोज ने कहा, ''बस, यहीं से बैठे–बैठे टाटा कर दिया करो।''

''तो क्या करूँ? दरवाज़े तक छोड़ने जाऊँ।''

''कम–से–कम पीछे मुड़कर एक बार देख तो लिया करो कि उसके हाथ में क्या है। हरदम एक थैला टाँगे रहती है। पता नहीं क्या–क्या ले जाती है।''

''क्या ले जायेगी। चार घर काम करती है। वहाँ का बचा–खुचा खाना घर ले जाती है। बेचारी को तीन–तीन बच्चे पालने हैं। पति तो घर में एक पैसा नहीं देता। सब शराब में फूँक देता है। कमोबेश सभी कामवालियों की यही कहानी होती है।''मैंने कहा।

"क्या पता कितनी कहानी होती हैं और कितनी सच्चाई। ये लोग मेलोड्रामा करने में माहिर होती हैं। लोगों की इमोशनल ब्लैकमेलिंग करती हैं। और हमारी श्रीमती जी तो दया का भण्डार हैं।"

मनीषा कुछ कहने को ही थी कि मैंने टोक दिया–''मनीषा चाय बहुत अच्छी बनी है। और है क्या?''

''अभी बना लाती हूँ। बस पाँच मिनट लगेंगे।'' और वह उठ गयी। मैंने चैन की साँस ली।

"चाय मेरी मत बनाना" मनोज ने पुकारकर कहा, ''मैं बस निकल रहा हूँ।" और अपना टिफ़िन और बैग उठाकर वह चल दिया।

मनीषा चाय लेकर आयी तो बोली, "मौसी जी आपने देखा न बिल्कुल मम्मी जी की तरह होते जा रहे हैं। मुझे तो लगता है कि मम्मी जी की आत्मा उनके लाडले में आकर बस गयी है। उन्हें भी लगता था कि मैं घर लुटाये दे रही हूँ। इनका भी यही ख़याल है।"

मनीषा की यह बात मुझे सुनने में अच्छी नहीं लगी। पर वह ग़लत भी नहीं थी। पुरुष जब इन छोटी बातों में दख़ल देते हैं तो सचमुच बड़ी कोफ़्त होती है।

"अब आप ही बताइए मौसी जी, कि सुबह मैं बच्चों को तैयार करूँ, इनका टिफ़िन बनाऊँ या राधा पर पहरा दूँ। कहते हैं साबुन की पूरी बरनी उसके हवाले कर देती हो। पता नहीं कितना डालती है, कितना ले जाती है। विज्ञापनों का हवाला देते हैं कि एक विमबार महीना भर चलता है। तुम्हारे घर में पन्द्रह दिन में ही समाप्त हो जाता है।"

''इतनी बारीक़ नज़र है उसकी!''

"अरे कुछ न पूछिए। एक दिन जमादारिन मेरी दी हुई साड़ी पहनकर आयी तो इतना नाराज़ हुए। बोले, इतनी अच्छी साड़ी तुमने उठाकर जमादारिन को दे दी? हद करती हो। अब बताइए, दिवाली पर साड़ी देनी थी तो अच्छी ही दूँगी न। मेरा तो मन हो रहा था कि मम्मीजी की एकाध साड़ी दे दूँ। पर अच्छा हुआ नहीं दी। ये तो मेरे प्राण ही ले लेते।''

''छीः–कैसी बात करती हो?''

''सच कह रही हूँ मौसी जी। अजीब से होते जा रहे हैं। मैं ठेलेवाले से सब्ज़ी लेती हूँ न तो बरामदे में बैठे मुझे ताकते रहते हैं। और जैसे ही मैं भीतर आती हूँ, शुरू हो जाते हैं ज़रा भावताव किया करो। वो जो

माँगता है, उठाकर दे देती हो। और तौल पर भी तुम्हारा ध्यान नहीं रहता। सड़क पर पता नहीं कौन से खेल–तमाशे देखती रहती हो।"

"इससे तो अच्छा है ख़ुद ही ख़रीद लेना।"

"नहीं–नहीं। वो कैसे ख़रीदेंगे। वे तो राजकुमार हैं न।" ठेलेवाले से एक क़िस्सा याद आ गया। सुनाऊँ, मनीषा एकदम मूड में आ गयी थी। लगता था बहुत दिनों से उसने किसी से खुलकर बात नहीं की थी। आज अच्छा मौक़ा था, पूरी आज़ादी थी। घर पर न पति थे न बच्चे।

"एक दिन मैं सब्ज़ी ले रही थी कि सामने वाली आंटी भी आ गयीं। मुझसे हालचाल पूछने लगीं। ठेलावाला चला गया तब भी हमारी बातचीत जारी ही थी। जैसे ही मैं घर में दाख़िल हुई ये मुझ पर बरस पड़े...तुम क्या मेरी माँ के मरने का इन्तज़ार कर रही थीं कि इस औरत से दोस्ती कर सको।"

"मतलब?"

"उनसे मम्मी जी का अबोला था न! अब बताइए, मम्मी जी की उम्र की कोई महिला आगे होकर मुझसे बोलती है तो मैं उन्हें झिड़क तो नहीं सकती न, मेरी तो उनसे कोई लड़ाई नहीं है।"

"पर यह अबोला क्यों था?"

"क्या पता! कॉलोनी की आधी औरतों से तो उनकी खटपट थी, अबोला था। और जिन लोगों से उन्हें चिढ़ थी उनके बेटे को भी उन लोगों से एलर्जी थी।..."

"पर दीदी ऐसी झगड़ालू तो नहीं थीं।"

"झगड़ालू नहीं थीं पर किसी–किसी के लिए उनके मन में गाँठ पड़ जाती थी पता नहीं क्यों। एक क़िस्सा सुनाती हूँ। पापाजी की जब डेथ हुई, उनके एक कलीग अमेरिका में अपने बेटे के पास गये हुए थे। लौटकर आये तब उन्हें इस हादसे का पता चला। दोनों पति–पत्नी फ़ौरन मिलने चले आये। उनका फ़ोन आते ही मम्मीजी ने साफ़ कह दिया, वे बाहर नहीं आयेंगी। वे किसी से मिलना नहीं चाहतीं।

"वे लोग आये तो मैंने बहाना बना दिया कि उनकी तबीयत ठीक नहीं है। वे सज्जन तो बाहर बैठे रहे–श्रीमती जी हालचाल पूछने कमरे में चली गयीं। मम्मीजी आराम से कुर्सी पर लेटे–लेटे पुस्तक पढ़ रही थीं? मेहमान देखकर उन्होंने पुस्तक तो रख दी, पर न उठीं, न कुछ बोलीं–बस टुकर

टुकर देखती रहीं। दो–चार औपचारिक वाक्य बोलकर वो महिला बाहर निकल आयीं। मुझे इतनी शर्म आ रही थी। मैंने उनसे ख़ूब माफ़ी माँगी। पर वे बोलीं तुम क्यों माफ़ी माँग रही हो? यह तो अपेक्षित ही था। वे कभी हम लोगों से बात नहीं करतीं। शादियों, ऑफ़िस के फंक्शंस में हम लोग मिलते रहे हैं। पर उन्होंने कभी बात नहीं की। बल्कि आज करतीं तो मुझे आश्चर्य होता। इसीलिए मैंने मना भी किया था, पर पतिदेव नहीं माने। बोले, ऐसे मौक़ों पर पुरानी बातों को भूल जाना चाहिए। वैसे बात कुछ थी भी नहीं। पर पता नहीं उनके दिमाग़ में क्या चलता रहता था।"

मनीषा, कई बार लोग हीनबोध से इतने ग्रस्त हो जाते हैं कि सारी दुनिया उन्हें शत्रु लगने लगती है। पर हीन–बोध क्यों? किसलिए?

"लोग भूल जाते हैं कि उनके पास क्या ख़ूबियाँ हैं। बस अपनी ख़ामियों को लेकर बिसूरते रहते हैं। अब ये हमारी दीदी को ही देख लो। शादी से पहले इतना अच्छा गाती थीं। स्कूल में, कॉलेज में हमेशा इनाम पाती थीं। रिश्ते की शादियों में, मोहल्ले के गणेशोत्सव में, दादी के सत्संग मण्डल में उनकी बड़ी माँग होती थी। कढ़ाई, बुनाई में माहिर थीं। उनके हाथ की सफ़ाई देखते बनती थी। कितनी सुन्दर अल्पना डालती थीं। तीज–त्योहार पर पूरे घर को पूर देती थीं। उनकी रसोई की निपुणता तो तुमने भी अनुभव की होगी।"

"हाँ, खाना बनाना तो मैंने यहीं आकर सीखा है। पर आप बता रही थीं कि मम्मी जी बड़ा अच्छा गाती थीं। मैंने तो उन्हें कभी गुनगुनाते भी नहीं सुना।"

"वही तो बता रही हूँ। शादी के बाद उनकी सारी ख़ूबियों में जैसे जंग लग गया। उसका कारण भी है। तुम तो जानती हो, हिन्दुस्तान में नयी बहू की गुणवत्ता परखने के दो मानदण्ड हैं रूप और रुपया। हम मध्यमवर्गीय माता–पिता की सन्तानें हैं। अपनी तीनों बेटियों की शादियाँ उन्होंने ख़ूब धूमधाम से कीं। पर बोरी भरकर रुपया नहीं दे सके। हम दोनों की ससुराल में पैसों की अहमियत ज़्यादा थी...रुपयों की कमी को पाटता है रूप और तुम तो जानती हो हिन्दुस्तानी व्यक्ति के लिए रूप का पर्यायवाची है रंग–गोरा रंग। दीदी यहीं मात खा गयीं। उनके नाक–नक्श तीखे थे। आँखें बड़ी–बड़ी कजरारी थीं, बाल घने लम्बे काले थे–क़दकाठी सुडौल थी, पहनने–ओढ़ने का सलीका उनके पास था। पर उनका रंग

ज़रा दबा हुआ था। इस एक कारण से उनके सारे गुण फीके पड़ गये। इसी कारण शायद ससुराल में उनका यथोचित स्वागत नहीं हुआ, उन्हें आलोचना और उपेक्षा सहनी पड़ी। उन्होंने कभी कुछ कहा नहीं, पर समझ में तो आता है न। नयी नवेली का उल्लास कभी उनके चेहरे पर झलका ही नहीं। वे मन–ही–मन बुझ गयी थीं जैसे।

"अगर पति का सहानुभूति भरा हाथ पीठ पर हो तो औरत सारी अवहेलना और उपेक्षा झेल जाती है। पर जीजाजी के लिए क्या कहूँ? कई पुरुषों के पास वह सोच, वह समझ होती ही नहीं है। दीदी धीरे–धीरे अपने आप में सिमटती चली गयीं। अपने रखरखाव के प्रति उदासीन हो गयीं। साज–शृंगार से उन्हें विरक्ति–सी हो गयी। हम दोनों बहनें उन्हें खूब डाँट लगातीं। कहतीं कि दुनियाभर की औरतें हमेशा जवान बनी रहने के लिए तरह–तरह के जतन करती हैं। कैसे–कैसे नुस्ख़े अपनाती हैं। पर तुम हो कि असमय बुढ़ापे को निमन्त्रण दे रही हो। हम उन्हें ब्यूटी टिप्स देते, उबटन बनाकर देते, तरह–तरह की क्रीम लाकर देते। पर सब व्यर्थ हो जाता था।"

मौसी, उन्हें जैसे भी रहना था, वह उनका अपना फ़ैसला था। उससे किसी को कोई शिकायत नहीं हो सकती। पर होता क्या था कि जो लोग टिपटॉप स्मार्टली ड्रेसअप होतीं, स्टाइलिश लुक में नज़र आतीं उनसे मम्मी को चिढ़ हो जाती। वे उन्हें तरह–तरह के नाम दे डालतीं। छम्मक छल्लो, हीरोइन, मिस इंडिया फेयर एंड लवली, ...बूढ़ी घोड़ी लाल लगाम तो उनका तकिया कलाम था।

"अब मुश्किल ये है कि ये भी उन्हीं की तरह सोचने लगे हैं। रोज़ तो आप देख ही रही हैं कितनी सादगी से रहती हूँ। पर कहीं फंक्शन में जाने के लिए तैयार होती हूँ तो इतनी टोकाटाकी करते हैं कि क्या बताऊँ–इतनी डार्क लिपस्टिक क्यों लगाई है? साउथ इंडियन हीरोइन की तरह बड़ा लम्बा–सा गजरा क्यों लटका लिया है, ये झुमके तुम्हारे चेहरे से भी बड़े लग रहे हैं...सुन–सुन कर बोर हो जाती हूँ मैं। सारा मूड हवा हो जाता है। लगता है अगर यही हाल रहा तो एक दिन मैं भी मम्मी जी की तरह निस्संग हो जाऊँगी।"

"ए लड़की! ख़बरदार जो ऐसा किया। बहुत पिटोगी।" मैंने उसे प्यार से डपट दिया। वह हँस पड़ी और मुझसे लिपट गयी।

मुझे मनीषा पर बड़ी दया आ रही थी। इतनी प्यारी लड़की है। ऐसे सनकी सोल्जर के साथ कैसे निभा रही है, ईश्वर जाने। मेरी लेकिन उसने ख़ूब ख़ातिरदारी की। मुझे ख़ूब घुमाया। मॉल ले गयी, बिरला मन्दिर में दर्शन कराये। शहर की मशहूर चाट खिलायी। बच्चे स्कूल में थे उतनी देर में हम लोगों ने एक मैटिनी देख ली।

उसका बहुत मन था एक रात कहीं बाहर खाने का, पर मनोज के पास समय ही नहीं था। उसकी–मेरी मुलाक़ात सुबह नाश्ते के समय होती या फिर रात को खाने की मेज़ पर। बाहर खाना खाने का मुझे ख़ास शौक़ नहीं था। पर ड्राइंग रूम में बैठकर देर रात तक गपशप तो की जा सकती थी। पर वह भी नहीं हुआ।

मनोज सचमुच बिज़ी था या मुझसे बच रहा था।

मनीषा ने बताया था कि स्मार्ट स्टाइलिश या टिपटॉप महिलाओं से मम्मीजी को बहुत चिढ़ थी। और जिनसे उन्हें चिढ़ थी उन लोगों से बेटे को भी एलर्जी थी।

मुझे याद आया, जीजाजी हमेशा मुझे स्मार्ट बेबी कहते थे। पिंकी को पिंकी द ग्रेट कहकर बुलाते थे और मैं शो स्मार्ट बेबी। क्या मेरी स्मार्टनेस दीदी को अखरती थी। क्या जीजाजी की प्रशंसा उन्हें चुभती थी। खलती थी। क्या मैं भी उनके शक़ के दायरे में थी?

मनोज की बेरुखी कहीं उसी का प्रतिबिम्ब तो नहीं! सोचकर मन खट्ट–सा हो गया।

आख़िर मेरे जाने का दिन आ पहुँचा।

वादे के मुताबिक़ मनोज घर जल्दी आ गया था। मुझे स्टेशन पर उसे ही छोड़ना था। बच्चों की ट्यूशन का समय था तो मनीषा का घर में रहना ज़रूरी था। अश्रुसिक्त नैनों से उसने घर से ही मुझे विदाई दी।

ट्रेन पाँच–दस मिनट लेट थी। प्रतीक्षा में खड़े हम दोनों इधर–उधर की बातें करते रहे। इतनी फुरसत में वह मुझे पहली बार मिला था। एकाएक मैं भावुक हो आयी।

"मनोज" मैंने कहा, "तुम जानते हो मौसी को कहीं–कहीं मासी भी कहते हैं। मतलब है माँ जैसी। मौसी और माँ में कोई अन्तर नहीं होता। दोनों एक ही ममता देती हैं। इसीलिए जब भी कभी मम्मी की याद आये, बेखटके मेरे यहाँ चले आना। मुझे बहुत अच्छा लगेगा।"

"थैंक्स" उसने अपने गहन गम्भीर स्वर में कहा–"थैंक्स फॉर द इनव्हिटेशन मौसी। पर माफ़ कीजिए, मैं मम्मी की जगह किसी और की कल्पना ही नहीं कर सकता। शो वॉज़ एंड इन द वन एंड ओनली फॉर मी।...थैंक्स आल द सेम।"

मैं तो सन्न रह गयी।

इस लड़के ने माँ के नैन नक्श तो लिए ही हैं क्या उसकी तीखी ज़बान और तुनकमिज़ाजी भी विरासत में ली है। बहुत बुरा लगा अपने लिए कम, मनीषा के लिए ज़्यादा।

रात को ट्रेन में अपनी बर्थ पर लेटी मैं उसी के बारे में सोच रही थी। माँ का नाम लेते ही यह लड़का इतना आक्रामक क्यों हो जाता है। इसे ऐसा क्यों लगता है कि सामने वाला उसकी माँ की अवमानना कर रहा है।

शायद उसने बचपन से अपनी माँ को अकेले अन्याय से जूझते, उपेक्षा सहते देखा है। इसीलिए उसके अवचेतन में यह भाव बैठ गया है कि माँ की रक्षा उसे ही करनी है। अनजाने में ही वह माँ की ढाल बन गया है। माँ की मृत्यु के बाद भी उसकी गरिमा के प्रति सचेत है, सतर्क है।

काश! बेटे की एक चौथाई संवेदनशीलता भी अगर जीजाजी के पास होती तो आज इतिहास दूसरा होता। मेरी स्नेहमयी दीदी न इस तरह नकारात्मकता का प्रतीक बनतीं न बेटा इतना असहिष्णु होता।

काश!

❑❑